LOCUS

LOCUS

LOCUS

LOCUS

to

fiction

to 104

小小國

Petit pays

作者：蓋爾・法伊（Gaël Faye）

譯者：徐麗松

責任編輯：張雅涵

封面設計、製圖：許慈力

校對：呂佳真

出版者：大塊文化出版股份有限公司

台北市10550南京東路四段25號11樓

www.locuspublishing.com

讀者服務專線：0800-006689

TEL：(02)87123898 FAX：(02)87123897

郵撥帳號：18955675　戶名：大塊文化出版股份有限公司

法律顧問：董安丹律師、顧慕堯律師

Éditions Grasset & Fasquelle 感謝 Catherine Nabokov 對原書出版之貢獻。

總經銷：大和書報圖書股份有限公司

地址：新北市新莊區五工五路2號

TEL：(02) 89902588　FAX：(02) 22901658

初版一刷：2019 年 1 月

定價：新台幣 320 元

Printed in Taiwan

Petit pays

小小國

蓋爾・法伊 Gaël Faye 著
徐麗松 譯

烏干達
盧安達
基伍湖
基加利
吉塔拉馬
尚古古
布卡武
布塔雷
布加拉馬
坦尚尼亞
奇比托克
薩伊
（今剛果民主共和國）
布瓊布拉
蒲隆地
坦干依喀湖
魯蒙格

《小小國》歷史背景導讀

嚴震生

政治大學國際關係研究中心研究員
台灣非洲研究論壇執行長

《小小國》是一本標準的成長或啓蒙（initiation）小說，就是小說的主角在經歷過一些社會經驗後，認識到世途艱難的一個「轉大人」的認知過程。本書由著名饒舌歌手法伊（Gaël Faye）所著，故事以十歲小男孩加比爲第一人稱敘事者；加比的出生年代與家庭背景（有著法國父親、盧安達母親、在蒲隆地度過童年）都與法伊本人極爲相近，因此在他撰寫時，有相當高的眞實感。個人作爲一位非洲政治學者，自認不宜對這本小說的文學價值做出不專業的評論，但很想對其時代背景做一介紹，希望讀者在閱讀本書時比較容易上手。

故事一開始就描述中東非兩個內陸小國盧安達（Rwanda）及蒲隆地（Burundi）所存在的族群矛盾，及兩個族群彼此間的刻板印象，胡圖族（Hutu）個子小，鼻子大，而圖西族（Tutsi）則是身材高瘦，鼻子修長，不過誠如書上所敘述的，他們是住在同一個國家、說同一個語言、信奉同一個神，但就是因爲鼻子長得不一樣，才會打仗。讀者讀到這裡一定會覺得這兩個族群怎麼可能就只因爲鼻子長得不同，而發生矛盾衝突呢？故事當然不是這麼簡單。

胡圖族與圖西族在盧安達及蒲隆地都是當地主要的族群，前者占兩國人口約八成五，而後者則是近一成五。兩國原先都是德國的殖民地，但在一次大戰後，國際聯盟（League of Nations）將其交給比利時託管（mandate），因而展開了比利時四十多年的殖民統治。爲了方便治理，比利時採取了分而治之的手段，刻意將這兩個族群做區別，甚至製作了蓋有族群印戳的身分證。

在殖民統治者認知中，圖西族的祖先可能來自北方衣索比亞（Ethiopia）地區，由於身材瘦高、臉龐顴骨較爲明顯、鼻子堅挺，具貴族氣質，可以成爲社會的菁英；但胡圖族的祖先則是來自西非地區的班圖族（Bantu），個子較矮、臉龐較圓、鼻子較塌，屬於普羅階級。然而這僅是殖民者較爲偏頗的認知，人類學家認爲其實這兩大族群的基因差異不如想像中的明顯。

在這樣一個偏頗的認知情況下，比利時殖民者讓圖西族接受更多的教育，成爲統治階級的一部分；另一個讓圖西族占有優勢的原因，則是這個族群在德國殖民統治之前，就曾經是當地王國的統治者。不過，圖西族人口畢竟不到胡圖族的五分之一，因此比利時在盧安達一九六二年獨立之前，轉而支持胡圖族，造成一九五九年成千上萬的少數圖西族遭到多數的胡圖族屠殺的慘劇，約有十萬名圖西族流亡鄰近國家。在蒲隆地，少數圖西族則是持續在政治上占優勢。

流亡在鄰國烏干達的圖西族，在一九八〇年代末期組成一支名爲盧安達愛國陣線（**Rwanda Patriotic Front**，簡稱ＲＰＦ）的游擊隊，並在一九九〇年由北方攻進盧安達，展開了爲期四年的內戰。這也是本書記載小說男主角加比的一位舅舅在戰爭中喪生，另一位舅舅要加入此游擊隊的時代背景。

當胡圖族政權面臨圖西族游擊隊的挑戰之際，激進的胡圖族決定對仍在盧安達境內的圖西族進行屠殺，在短短三個月內就有八十萬左右的圖西族及溫和的胡圖族（不願加害圖西族者）遇害，這就是一九九四年盧安達的種族滅絕（**genocide**）。此悲劇最終能夠結束，乃是因爲ＲＰＦ從烏干達打入盧安達，擊敗了胡圖政權。不過，在ＲＰＦ取得勝利後，少數圖西族的卡加梅（**Paul Kagame**）總統長期把持政權，埋下了該國再度發生族群衝突的種子。

至於南鄰蒲隆地獨立後的歷史軌跡，剛好與盧安達相反。圖西族在這個國家獨立後，就一直是少數的統治者，同時還在一九七二年對胡圖族進行大屠殺，後者約有十多萬人因而喪生。儘管在一九九三年的大選中，蒲隆地首次選出了多數的胡圖族出任總統，但他在位僅三個月就遭激進的圖西族軍官殺害，讓該國陷入長達十二年的內戰，而本書就是以九〇年代中期的蒲隆地爲背景。隨後選出的胡圖總統，也在一九九四年與盧安達的胡圖總統在一場飛機意外失事中喪生（後者是盧安達發生種族滅絕的重要原因）。一九九六年，蒲隆地發生軍事政變，圖西族再度掌權，直到二〇〇三年爲止。目前蒲隆地的政治是由二〇〇五年人口占絕對多數的胡圖族總統恩克倫齊薩（Pierre Nkurunziza）所把持。

由於盧安達及蒲隆地都存在著胡圖族及圖西族，因此當一個國家爲其中一個掌權時，另一個族群會感到不安，甚至在動亂時移往另一國（因爲執政掌權者剛好是其族群），反之亦然。此外，有不少這兩國的難民進入鄰近現稱剛果民主共和國（Democratic Republic of Congo）的薩伊（Zaire）避難。當然，就如同其他非洲國家一樣，許多難民最終的目標是殖民母國比利時，或是說同樣語言的法國。這也是爲何小說主角加比的母親來自於盧安達，但卻居住在蒲隆地，且一心想要移往法國的主要原因。

獻給賈桂琳

序幕

我眞不知道這個故事是怎麼開始的。

不過其實有一天，爸爸在小卡車上向我們解釋過這一切。

「知道吧，蒲隆地跟盧安達的情況一樣，有三個族群，我們把這個叫作種族。胡圖族的人數比較多，他們個子小，鼻子大。」

「像多納西恩那樣嗎？」我問。

「不，他是薩伊人[1]，不一樣的。比方說像我們的廚師普羅泰，他就是胡圖族的。另外也有吐哇族，他們是一種俾格米人[2]，人數很少，可以說不重要，我們直接跳過。然後還有圖西族，好比你們的媽媽就是。他們的人數比胡圖族少很多，身材高瘦，鼻子修長，我們永遠搞不清楚他們腦袋裡在想什麼。你啊，加布里爾，」他用手指頭指著我說，「你是個名副其實的圖西人，沒有人搞得清楚你在想什麼。」

聽到這裡，我也搞不清楚自己在想什麼了。話說回來，這堆話又能讓人怎麼想？於是我問道：

「圖西人和胡圖人打仗是因爲他們的領土不一樣嗎？」

「不，不是因爲這樣，他們是同一個國家。」

「那……他們說的話不一樣嗎？」

「不，他們說同一個語言。」

「那，他們信的神不一樣嗎？」

「不，他們信同一個神。」

「那……他們爲什麼打來打去？」

「因爲他們鼻子長得不一樣。」

討論到此告一段落。老實說這件事實在很怪。我相信爸爸自己也搞不太懂。從那天以後，我就開始在街上打量別人的鼻子和身高。到城裡買東西的時候，我和妹妹安娜會偷偷猜測誰是胡圖人，誰是圖西人。我們低聲說：

「穿白褲子那個是胡圖族的，他個子小，鼻子大。」

「沒錯！那邊那個戴帽子的，他長得又高又瘦，鼻子修長，他是圖西族的。」

「還有那邊那個穿條紋襯衫的，他是胡圖族。」

「不對不對，你仔細看，他又高又瘦。」

「是沒錯，不過他鼻子好大！」

這下我們開始懷疑爸爸那套種族理論了，而且爸爸也不希望我們談論這些東西。對他來說，小孩子不該管政治的事。但我們身不由己。那種奇怪的氣氛每天都變得更加濃厚。即使是在學校裡，同學也無緣無故就會開始吵架，互相罵對方是胡圖人或圖西人。《大鼻子情聖》[3]上映的時候，甚至還有個同學說：「你們看，他鼻子那麼長，一定是圖西人。」空氣已經走味了。不管我們的鼻子是大還是小，都聞得出來。

譯註

1 薩伊（Zaïre）即薩伊共和國（République du Zaïre），是剛果民主共和國（République démocratique du Congo）的前身。這個名稱使用於一九七一到一九九七年之間。一九六〇年剛果獨立以後政局不穩，發生「剛果危機」，最後莫布杜·塞塞·塞科（Mobutu Sésé Seko）於一九六五年透過軍事政變奪權，帶領革命人民運動黨建立獨裁一黨專政，後改國號為薩伊。一九九〇年代，隨著盧安達大屠殺及嚴重的種族暴力，薩伊東部各地發生動亂，薩伊迅速崩解。一九九六年，卡比拉（Laurent-Désiré Kabila）率軍發動第一次剛果民主戰爭，擊敗莫布杜政權，莫布杜逃亡國外，卡比拉成為新領導人，隔年將國號重新改為剛果。

2 俾格米人（【法】pygmée，【英】pygmy）不是一個特定種族，而是泛指所有成年男子身高少於一五〇公分的族群。俾格米人主要分布在非洲中部，但也見於東南亞及南美多國。目前這個詞彙通常專指非洲的俾格米人，吐哇族（Twa）即其中一支。「俾格米」一詞源自希臘文的πυγμαῖος（pugmaîos），意為「像拳頭一樣高」。

3 《大鼻子情聖》（*Cyrano de Bergerac*）是一部一九九〇年上映的法國歷史電影。電影改編自一八九七年的同名舞台劇（中文譯為《風流劍客》），以十七世紀法國為背景，描述劍客兼作家西哈諾·德·貝傑拉克（Cyrano de Bergerac）的感情生活。

回家鄉的事盤據在我的心頭。那個國度沒有一天不令我憶起它。某個轉瞬即逝的聲音、一股瀰漫的氣味、一道午後的光線、一個動作、偶然一陣靜謐，都足以喚醒童年的記憶。安娜一再告訴我：「除了幽魂和一堆廢墟，你在那裡什麼也找不到。」她再也不想聽人提到那個「該死的國家」。我聽她的。我相信她。她的思慮總是比我清晰。於是我把這個念頭從心裡趕走。我下定決心，永遠不要再回去。我的人生在這裡。在法國。

我再也稱不上在任何地方居住。「居住」意味著在肉體上融進一個地方的拓撲地貌，與那個環境的折曲起伏融爲一體。但在這裡，這件事完全不存在。我只是過客。我在這裡逗留。在這裡棲身。在這裡占居。我的社區是宿舍，只有實用功能。我的公寓散發未乾塗料和嶄新亞麻地板的味道。我跟鄰居們素昧平生，我們在樓梯間親切有禮地彼此迴避。

我在大巴黎地區生活、工作。在城郊的伊夫林聖康坦。快鐵C線。這是座新市鎮，彷彿一種沒有過去的生命。我花了好多年時間，才做到大家口中說的「融入」。擁有一份穩定工作、一間公寓，能從事休閒活動、建立朋友圈。

我喜歡網路交友。可以是一夜情，也可以是持續幾個星期的關係。跟我交往的女生千姿百態，一個長得比一個正點。我陶然聽她們訴說自己，嗅聞她們髮梢的香氣，然後縱情投身她們的纖臂、美腿和玉體織就的溫柔鄉。她們當中誰也不忘向我提出同一個惱人的問題，還總是選在第一次約會的時候。「你是哪裡來的人？」多平庸的問題。約定俗成。但若想發展出什麼關係，這又幾乎是必經的過程。我的焦糖膚色經常迫使我必須道出族譜，闡明正身。我說「我就只是個人」，惹得她們不高興。可是我明明沒有對她們挑釁的意思，甚至壓根兒沒想要故作博學或顯得有思想。早在長到跟三顆芒果疊起來一樣高的時候，我就下定決心，永遠不再設法定義自己的身分。

約會繼續進行。我的技巧已經很純熟。我讓她們說話，她們喜歡我傾聽。我沉浸其中，隨波蕩漾。我任憑烈酒淹沒神智，讓我卸去真誠。我變成可怕的獵手。我讓她們開懷大笑。

我誘惑她們。為了好玩，我會回頭說那個有關家世的問題。我刻意保持神秘，像在玩貓捉老鼠。我用尖酸冷酷的口吻告訴她們，我的身分堪比成堆屍體的重量。她們不答腔。她們只想風花雪月。她們用迷離的眼神望著我。我渴望著她們。有時，她們會為我獻身。她們把我看成奇俠。但我只是在一段時間裡讓她們覺得好玩罷了。

回家鄉的事盤據在我的心頭，我無限期地拖延，不斷將這件事越推越遠。那是種惶恐，我害怕重新挖出早已被深埋的眞相，害怕拾回離開故鄉時拋棄在門檻上的那些噩夢。二十年來，我不斷歸去；午夜夢迴，白晝綺想；回到我住過的那個街區，那條我曾與家人好友快樂生活的巷子。童年在我身上留下許多印記，我不知道怎麼處理它們。平順的時候，我告訴自己，那是我汲取力量和情感的泉源。然而當我沉落虛空谷底，卻從中看到自己在人世間適應不良的原因。

我的人生像是一陣漫長的囈語。什麼都讓我感興趣，卻沒什麼能激起我的熱情。我缺乏某種讓自己走火入魔的興奮因子。我是在人間浮沉那種人，軟弱而平庸。有時我會掐自己一把。我觀察自己在社會上、在工作場合的樣子，看自己怎麼跟辦公室同事打交道。電梯鏡子裡那傢伙，眞的是我嗎？咖啡機旁那個努力擠出笑容的男生，是我嗎？我認不得自己。

我來自如此遙遠的國度，直到現在都還爲自己身在這裡感到詫異。同事們聊的不是天氣就是電視節目。我不再聽他們說話。我覺得呼吸困難。我解開襯衫領口。我的身體被包裝得一絲不苟。我打量著自己那雙擦得晶亮的皮鞋，它們投射給我的倒影令我沮喪。我的雙腳怎麼了？躲起來了。我再也沒見過它們露天漫步。我走近窗口。天幕低沉。外面下著暗濛濛、黏答答的細雨，小小的公園被夾在購物中心和鐵道之間，裡頭一棵芒果樹也沒有。

那天晚上離開辦公室以後，我快跑衝進眼前第一間酒吧避難，就在快鐵站對面。我在足球檯前坐下，點了杯威士忌，慶祝我的三十三歲生日。我試著打安娜的手機，她沒接。我死命打，連續撥了好多次她的號碼。後來我才想起，她到倫敦出差去了。我要向她稟報，跟她說早上那通電話的事。那一定是某種命運的徵兆。我必須回到那裡。就算只是爲了求個心安。一次徹底解決這件一直糾纏我的事。把自己身後那扇心門關上，一勞永逸。我又點了一杯威士忌。吧台上方的電視發出喧鬧聲響，一時掩蓋住我的思緒。某個新聞頻道正在播放人群逃離戰亂的影像。我看到他們搭乘的克難船隻在歐洲的土地上靠岸。從船上走出來的孩子飢餓脫水，凍得發僵。人類的瘋狂在大地肆虐，他們以自己的生命爲賭注。我舒舒服服地坐在那，在總統席般的豪華座椅上，手中握著一杯威士忌，就這樣看著他們。輿論總認爲，他們逃出地獄，是爲了前往黃金國。胡說八道！沒有任何人會提他們內心那個國家。然而，那卻是任何一個人類在世間走一遭後唯一珍惜在心的東西。我把視線移開電視影像，那些影像訴說的是現實，但不是眞相。也許有一天，那些小孩會把眞相寫下來。我覺得愁苦，心情彷彿隆冬中空無一人的高速公路休息區。每逢生日這天，總是同樣情景：沉重的憂鬱像熱帶驟雨般唰唰唰打在我身上，我想起爸爸媽媽，想起我那些玩伴，想起庭院深處，圍繞著被剖開的鱷魚，那場似乎不會結束的歡慶……

1

我永遠不會知道我父母分開的真正原因。不過想必他們之間從一開始就存在著深刻的誤解。或許他們的相識過程出現某種製造缺陷，某個沒人看到或所有人都當作看不到的提醒符號。在從前那個時候，我的父母曾經年輕貌美。希望在心中乘風揚帆，如同殖民地獨立之際的青天白日。真該親眼看看才對！他們結婚那天，爸爸怎麼也想不到居然成功將戒指套上了媽咪的手指。當然，他有他的魅力，某種屬於父親的特質；他的綠色雙眸炯炯有神，淺褐色頭髮上透現金色紋路，壯碩的身材好比維京人。不過他還搆不著媽咪的腳踝呢！媽咪的腳踝，那可真不得了！修長纖細的雙腿從那裡往上升起，其他女人看得目光宛如發射妒火的機關槍，男人的眼睛則像半開的百葉窗，色迷迷地朝她打量。爸爸是來自侏羅地區[1]的小法國佬，在因緣際會下到非洲服替代役。他的老家在山區的一個村子，那裡的景色跟蒲隆地幾乎如出一轍，不過在他的家鄉可見不到像媽咪這種窈窕淑女，她們的曼妙體態恰似細長的蘆葦在湖邊擺盪，摩天大樓般的高眺身形綴以烏黑的肌膚和安哥拉牛眼睛般的明眸，簡直就是出水芙蓉。還得親耳聽聽才行！他們結婚那天，調音不佳的吉他暢快奏出無憂無慮的倫巴，在滿天星斗的夜色中，幸福哼出明快的恰恰曲調。一切俯拾即是！再無其他要事！愛情，生命，歡笑，存在。不斷往前，絕不停歇，一路衝向跑道終點，甚至還要過頭一點點。

只可惜我父母還是徬徨迷惘的青少年，忽然間就被要求變成負責任的大人。他們才剛結束發育期，荷爾蒙高漲，還想夜夜笙歌，現在卻已經得收拾歡宴殘局，清理那些被大口飲盡後的酒瓶，倒掉菸灰缸裡的大麻菸蒂，把迷幻搖滾唱片放回封套，把一堆喇叭褲和印度風花襯衫摺好。鐘聲響了。生孩子、繳稅、盡義務，煩惱接踵而至，來得太早、太快，而隨著那些煩惱上門的，是懷疑、武裝路匪、獨裁、政變，和一次又一次的結構調整計畫；理想抱負統統拋棄，早上不想爬起來，太陽賴床的時間一天天變長。現實當道，粗暴而兇猛。初期漫不經心的步調蛻變爲專橫嚴峻的節奏，像擺鐘滴滴答答無以改變的節拍。天生性格如回力鏢般反向襲來，再狠狠朝我父母臉上打去，他們這才頓悟，當初他們搞混了欲望和愛情，各自在內心杜撰了對方的長處。他們共享過的不是夢想，只是幻覺。夢這玩意兒他們是有的，但那只是個人自私自利的夢想，誰也沒打算努力滿足對方的期待。

不過在從前那個時候，在那一切之前，在我現在要告訴你們的那些事發生以前，幸福曾經存在，人生沒有問號。生活就是那樣，一如它本來的樣子，一如我希望它維持的樣貌。就像一場寧靜酣夢，沒有蚊子在耳邊飛舞，沒有陣雨般的連串問題不斷敲打我的腦殼。幸福的時候，如果有人問我：「你好嗎？」我總是答道：「好得很！」直截了當。幸福讓人毋須思考。後來我才開始爲這個問題煩惱。不是避而不答，就是湊合著點頭。而且，舉國上下都開始爲此傷腦筋。大家的回答變成「還過得去」。因爲在那一切降臨我們身上以後，人生再也不可能好得很。

譯註

1 侏羅（Jura）是法國東部鄰接瑞士的一個省份，因位處侏羅山脈而得名。

2

幸福的結束是怎麼開始的？我想那可以回溯到聖尼古拉節[1]那天，在賈克家的大露台上。老賈克住在薩伊的布卡武[2]，我們每個月會去看他一次，那成了一種習慣。那天，媽咪陪我們一起去，雖然她已經有好幾個禮拜不太跟爸爸說話。正式上路前，我們先去銀行領錢。爸爸走出來的時候說：「現在我們是百萬富翁呢！」在莫布杜[3]統治下，薩伊的貨幣嚴重貶值，買杯飲用水居然得動用五百萬元大鈔。

邊界檢查哨一過，人們就變得不一樣了。蒲隆地人的含蓄換成薩伊人的喧囂。在這個亂烘烘的人群中，眾人談笑風生、大呼小叫，甚至高聲對罵，場面猶如牲畜市集。吵鬧的髒小孩覬覦地盯著被水窪濺起的泥水弄髒了的後照鏡、雨刷和輪圈，香噴噴的山羊肉串等著客人用推車裝錢來買，已經當了媽媽的少女在保險桿貼著保險桿的成排貨車和小巴士間迂迴穿梭，叫賣要蘸粗鹽吃的水煮蛋和袋裝香辣花生，患有小兒麻痺、腿部萎縮扭曲的乞丐請人賞賜幾張百萬塊錢鈔票，以求熬過柏林圍牆垮下造成的惱人後果，一名牧師站在他那台搖搖晃晃的賓士汽車引擎蓋上，手裡抓著一本球蟒皮精裝史瓦希里文[4]《聖經》，聲嘶力竭地宣告末日即將來到。在已經鏽蝕的崗亭中，一名昏昏沉沉的阿兵哥無精打采地揮動蒼蠅拍。柴油的氣味跟熱空氣混在一塊，讓已經不知多久沒領薪水的海關人員喉頭乾燥不適。路上的大坑洞（其中有些是路面坍塌的結果）使開過的車輛飽受折磨。不過這一切絲毫沒有減損海關職員的幹勁，他認眞查看每一輛汽車，檢查輪胎抓地力、引擎水箱水位和方向燈的運作。如果車子完全沒有那些可能出現的毛病，職員會要求出示受洗證明書或第一次恭領聖體證明，才能越過邊界，進入薩伊共和國領土。

這些大剌剌的動作只有一個目的：拿紅包。那天下午，爸爸不想在海關耗，於是塞了點錢給他。擋桿終於升起，路邊的熱泉冒出蒸騰水氣，我們在一片氤氳中繼續前行。

在小城烏維拉[5]到布卡武這段路上，我們停車到一些小餐鋪，買香蕉餡煎餅和用小圓錐筒裝的炸白蟻吃。廉價餐館店面掛著各式各樣異想天開的招牌：「香榭麗舍富凱餐廳」[6]、「季斯卡[7]小吃吧」、「回家吃飯饗食天地」……爸爸拿出拍立得相機，把這些招牌拍下來，藉此紀念在地人天馬行空的創意，但媽咪卻發出吸牙聲[8]，斥責他對這種以討好白人爲目的的異國情調嘖嘖稱奇。

我們設法不要輾到滿路竄行的雞鴨和小孩，最後終於來到布卡武。布卡武有點像是基伍湖畔的伊甸園，它曾經是個充滿未來感的城市，現在那些裝飾藝術風格建築早就成爲古蹟。賈克家已經把餐桌布置好，等候我們駕臨。他特別叫了一道大菜——從蒙巴薩[9]新鮮運來的大蝦。爸爸大樂道：

「雖然跟一盤高級生蠔沒得比，不過偶爾能吃點好料還是很棒！」

「你這是在埋怨什麼，米榭？難道我們家沒讓你吃好東西嗎？」媽咪不客氣地說。

「沒錯！普羅泰那蠢蛋，他每天中午都讓我不得不吃進一堆非洲番薯。居然連一道像樣的牛肋排都做不出來！」

「這種事我的感受可深呢，米榭！」賈克接口道。「我們家廚房那隻猴猻什麼菜都能燒焦，他的藉口是這樣才能把寄生蟲殺死。我都記不得三分熟牛排的美妙滋味了。巴不得馬上回布魯塞爾做食補，把一堆阿米巴蟲和著吃下肚！」

一桌人爆笑，只有坐在餐桌盡頭的安娜和我安靜無聲。這時的我才十歲，安娜七歲。也許是因爲這樣，我們還沒法體會賈克的幽默。話說回來，我們也被正式告誡不准說話，除非有人主動對我們開口。這是我們被邀到別人家吃飯時的金科玉律。爸爸無法忍受小孩子加入大人的談話，尤其是在賈克家，因爲賈克就像他的第二個爸爸，他把他當作人生典範，會不自覺地模仿他的表情、動作，甚至是他的說話聲調。「非洲的事都是他教我的！」他常對媽咪這麼說。

賈克把身體彎到桌子底下避風，用他那個刻有兩頭鹿的吉波牌[10]銀色打火機點菸。然後他重新坐好，用鼻孔噴出幾縷煙霧，同時凝視基伍湖片刻。從他的露台可以看到湖面遠處的一連串小島。在小島後方，湖的另一邊，是盧安達城市尚古古。媽咪的目光駐留在那個彼方。想必每次我們到賈克家吃飯，她的心裡都會浮現一些沉重的思緒。盧安達是她的故鄉，一九六三年某個發生屠殺的夜晚，她在老家燃燒的火光中逃離家園，從此不曾回去。那年她才四歲。而現在，盧安達就在幾里路外，幾乎伸手可及。

在賈克家的庭園中，一名老園丁把草地修剪得整整齊齊，他用邋鞦韆般的豪邁動作揮舞他的鐮刀，乍看彷彿人在高爾夫球場揮桿。在我們前方，閃動綠色金屬光澤的蜂鳥忙著吸吮大紅扶桑花的瓊漿玉液，演出一齣精采的空中芭蕾。一對黑冕鶴在檸檬樹和芭樂樹的陰影中漫步。賈克的庭園生機蓬勃，色彩繽紛，散發香茅的甜美氣息。他的房子則以來自尼拉貢戈火山[11]的多細孔黑色岩石搭配源自尼雍格威森林[12]的多種珍稀木材，看起來像瑞士的山莊。

賈克搖了一下桌上的鈴鐺，廚師瞬即來到。他頭戴廚師高帽，身上罩了一件白色圍裙，有模有樣的裝束跟他皸裂赤裸的雙腳不太搭調。

「再來三瓶普利姆斯[13]，還有把亂七八糟的桌子收一收！」賈克下令。

「你好嗎，艾瓦里斯特？」媽咪問廚師。

「感謝上帝，還過得去呢，夫人！」

「拜託你別驚動上帝吧！」賈克駁斥道。「還過得去是因爲現在還有幾個白人願意留在薩伊掌櫃。要是沒有我，你會跟你族類的其他那些人一樣當乞丐！」

「我說上帝的時候，意思就是指老闆你啦！」廚師機靈地回道。

「少來這套，猴猻！」

他們一起大笑，賈克繼續說：

「我這輩子一直沒辦法讓女人好好待在我身邊超過三天，卻讓這隻猴猻黏了我三十五年，實在是命苦啊！」

「老闆，你早就該把我娶進門了！」

「Funga kinwa（閉嘴）！別再東拉西扯，快把啤酒拿來！」賈克又爆笑了一陣，然後發出噁心的清喉嚨聲，害我差點沒把肚子裡的大蝦吐出來。

廚師哼著一首宗教歌曲離開。賈克拿了一條繡了他的姓名縮寫的布質手絹，猛力朝裡頭咳，然後又抓起香菸抽，讓些許菸灰掉在上了光的鑲木地板。接著他對爸爸說：

「上次我到比利時的時候，醫生說我得戒菸，不然小命會保不住。我在這邊還有什麼沒經歷過！戰爭，搶劫，糧食短缺，鮑勃．德納爾[14]和科盧韋齊[15]，胡搞瞎搞了三十年的『薩伊化』[16]，結果居然是香菸準備來要我的命！老天爺啊！」

他的手和禿了頂的頭上有星星點點的老人斑。我是第一次看到他穿短褲。他的腿部沒長毛，乳白的膚色跟他黝黑的前臂和被豔陽鑿出許多皺紋的臉部肌膚形成強烈對比，令人覺得他的身體彷彿是由規格不同的組件拼湊而成。

媽咪關心地說：「那些醫生可能是對的，你該少抽點。一天三包菸真的太多了，我的賈克。」

「你不會也跟著來插一腳吧，」賈克還是朝著爸爸說話，彷彿媽咪根本不在場。「我爸菸抽得跟消防隊員一樣兇，還不是活到九十五歲。而且我還沒跟你說他活得有多精采。利奧波德二世[17]那個年代的剛果，那可八竿子打不著，完全是另一回事哪！我的老爹，他厲害得很！卡巴洛到卡雷米[18]的鐵路線是他蓋的。而且那條鐵路已經荒廢很久了，跟這整個天殺的國家一樣。眞的沒救了，我告訴你！」

「你爲什麼不把東西全部賣掉？搬到布瓊布拉住，那邊生活很舒服的。」爸爸興奮地說。每當他第一次提出某個宛如靈光乍現的想法，都會表現出這種熱切。「我手中的工程很多，而且投標邀請搶著來報到。現在錢好賺得很！」

「把全部東西賣掉？你在瞎說什麼！我妹老是打電話要我回比利時跟她一起生活。她告訴我：『回來吧，賈克，你在那邊下場不堪設想。那些薩伊人啊，最後不是殺人放火，就是動私刑處死白人。』你能想像我住在伊克塞爾[19]的公寓裡嗎？我從沒在那邊生活過，現在這把年紀，你要我去那裡幹嘛？我二十五歲才第一次去比利時，那次我的肚子吃了兩顆子彈，是在卡丹加打共匪的時候遭遇埋伏被擊中的。我被送進手術室，他們給我縫了幾針，然後我忙不迭地又回到這裡來了。我比那些黑鬼還薩伊哪！我生在這裡，死也會在這裡！布瓊布拉嘛，去幾個星期還行，簽兩三份合同，跟幾個 bwana（大人物）握握手，找幾間館子轉轉，見見老朋友，然後就回來。說眞格的，蒲隆地人不是我的菜。薩伊人至少比較容易摸清楚。送個matabish〔伴手禮〕，塞點bakchich〔小費〕，事情就搞定了！蒲隆地人呢？那些傢伙！他們是用右手搔左邊耳朵的……」

「我也一直跟米榭這麼說。」媽咪說。「我自己也受不了這個國家了。」

「依鳳，妳是另外一碼子事。」爸爸惱怒地回嘴。「妳只是死心眼，一心夢想到巴黎生活。」

「沒錯，那對你、對我、對孩子們都好。在布瓊布拉，我們有什麼未來？你能告訴我嗎？除了這種可悲的生活以外？」

「別再老調重彈，依鳳！妳說的可是妳自己的國家。」

「不對不對不對不對！我的國家是盧安達！對面那邊，就在你前面。盧安達。我是逃難來的，米榭。在蒲隆地人眼中，我一直只是個難民。他們的咒罵、影射，他們針對外國人實施的限額，他們那些入學限制規定，我還會不明白嗎？所以你甭管我怎麼看蒲隆地！」

「聽我說，親愛的。」爸爸用他覺得有安撫效果的口吻說。「妳往四周看看。這些山，這些湖，這片大自然。我們住在漂漂亮亮的房子裡，我們有傭人，小孩子有很多空間，氣候舒服，我們的生意也還不錯。妳還奢求什麼？妳在歐洲永遠不可能過得這麼奢侈。相信我！那裡絕對不是妳想像中的天堂。妳以為我二十年來在這邊打拚是為了什麼？妳認為賈克為什麼留在非洲地區，而不回比利時？在這裡，我們是特權階級。在那邊，我們什麼都不是。為什麼妳就是聽不進去？」

「你說得冠冕堂皇，可是我很清楚這邊的陰暗面。你看到那些山丘景色優美，我看到的是住在那裡的人生活窮苦。你讚嘆這些湖泊美不勝收，我已經呼吸到藏在湖水底下那些沼氣的味道。你逃離在法國的平淡生活，到非洲找刺激。算你好命！我呢，我要的是我從沒享受到的保障，我要在一個安全的國家安心養孩子，在那邊我不必擔心會丟掉小命，只因為我們是……」

「別說了，依鳳，那些都是妳無謂的擔心和妳的被迫害妄想。妳老是小題大做。現在妳已經有了法國護照，沒什麼好怕的。妳住的是布瓊布拉的大別墅，不是難民營，所以拜託妳行行好，別再這樣唱高調。」

「我一點都不在乎什麼護照，那沒法改變什麼，沒法改變在這裡到處蠢蠢欲動的威脅。你對我跟你說的歷史毫無興趣，米榭，你從來不曾關心過那些事。你到這裡是為了找到一片遊樂場，讓你繼續做你那些好命西方小孩的夢……」

「妳在胡說什麼？妳簡直要把我搞瘋了！多少非洲女人都在夢想過妳這種日子……」

媽咪用嚴峻得嚇人的眼神盯著爸爸，使他不敢把話說完。然後她用非常平靜的語氣繼續說道：

「可憐的米樹，你連自己在說什麼都已經搞不清楚了。給你一個良心的建議：不要搬出種族歧視的論調，你這個過氣的嬉皮酷哥，那套玩意兒完全不適合你。把它留給賈克和其他那些眞正的殖民者吧。」

賈克猛然被自己抽的菸嗆著。媽咪毫不在乎，她站起來，把餐巾朝爸爸臉上丟去，隨即走了出去。廚師剛好在這個節骨眼用塑膠托盤端著啤酒走進來，嘴角掛著放肆的微笑。

「依鳳！妳給我回來！馬上跟賈克道歉！」爸爸叫道。他把屁股稍稍從椅子上抬起，用兩個拳頭在桌面上撐住身體。

「算了吧，米樹。」賈克說。「她們女人家……」

譯註

1聖尼古拉（Saint Nicolas）是基督教聖徒，約公元二七〇年生於羅馬行省呂基亞的希臘殖民城市帕塔拉，三四三年卒於米拉。根據傳說，他最著名的事蹟是悄悄送禮物給一個窮苦人家，好讓他們的三個女兒有嫁妝可以順利成婚，因此他成為耶誕老人的傳統原型。聖尼古拉節是十二月六日，據說他會在這天送禮物給乖巧的小孩。

2布卡武（Bukavu）是剛果民主共和國東部山區的城市，南基伍省首府，目前都會區人口約八十餘萬人。位於基伍（Kivu）湖西南岸，隔著魯西吉（Rusizi）河河口與盧安達城市尚古古（Cyangugu）相鄰。由此處沿剛果與盧安達國界往東南，四十餘公里外即是剛、盧、蒲三國交界，蒲隆地位於盧安達南方、剛果民主共和國東方。

3莫布杜·塞塞·塞科·庫庫·恩班杜·瓦·扎·邦加（Mobutu Sésé Seko Kuku Ngbendu wa Za Banga，一九三〇—一九九七），其名在恩格班迪族語（Ngbandi）中意為「以耐力和絕不動搖的意志，從征服走向征服，行過之處皆成火海的無敵戰士」），簡稱莫布杜或莫布杜·塞塞·塞科。莫布杜於一九六五年至一九九七年擔任剛果民主共和國總統（一九六五—七一）和薩伊共和國總統（一九七一—一九九七）。莫布杜被視為「典型的非洲獨裁者」，在任期間腐敗至極，曾搭協和號專機前往巴黎購物。

4史瓦希里文（Kiswahili）屬於班圖語族，是非洲使用人數最多的語言之一，據估計使用者在五千萬到一億人之間，與阿拉伯語、豪薩語（Hausa）並列為非洲三大本土語言。通行於非洲大湖區及非洲東部、東南部許多地區，是坦尚尼亞、肯亞、烏干達的官方語言，剛果民主共和國的國家語言之一，非洲聯盟的工作語言之一（非盟的其他工作語言都是外來語：阿拉伯語、英語、法語、葡萄牙語），在尚比亞、馬拉威、蒲隆地、盧安達、莫三比克等國被作為通用語，也是東非共同體官方認定的通用語。東非外海群島國家葛摩（Comores）的主要語言葛摩語與史瓦希里語非常近似。傳統上，史瓦希里語被認為是阿拉伯治下尚吉巴

（Zanzibar）的語言，隨著奴隸交易及其他商品貿易，沿著海岸地帶傳播。語言名稱「史瓦希里」即來自阿拉伯文「瀕海地區」（拉丁化拼音：Sawahil）一詞。近代曾以阿拉伯字母拼寫，十九世紀受歐洲殖民影響，漸改以拉丁字母拼寫。本章中賈克的發言便攙雜了史瓦希里文。

5 烏維拉（Uvira）是剛果民主共和國的城市，位於坦干依喀（Tanganyika）湖西北端，毗鄰蒲隆地。隸屬於南基伍省，距離該省首府布卡武一百二十公里。坦干依喀湖是剛果民主共和國與蒲隆地的界湖，蒲隆地首都布瓊布拉（Bujumbura，又譯「布松布拉」）位於湖的東北側，與烏維拉相距二十五公里。本書主人翁與家人此行從居住地布瓊布拉出發，往西通過國界進入剛果民主共和國，到烏維拉後轉向北方，前往布卡武。

6 正宗的富凱餐廳（Le Fouquet's）位於巴黎香榭大道，是名流薈萃的高級食肆，以經典法國料理著稱。法國凱撒電影獎晚宴每年在此舉辦，二〇〇七年薩科齊（Nicolas Sarkozy）當選總統時亦在富凱舉行慶功宴。

7 季斯卡（Giscard）是一九二六年出生的法國政治家，全名瓦勒里．馬里．荷內．喬治．季斯卡．德斯坦（Valéry Marie René Georges Giscard d'Estaing），一九七四至八一年擔任法國總統。

8 吸牙聲（tchip）是指緊閉雙唇、噘嘴吸氣，使氣流通過牙齒而發出的嘶嘶聲。在非洲和加勒比海地區，很多人用這種聲音表達厭惡。

9 蒙巴薩（Mombasa，或作Mombassa）瀕臨印度洋，是肯亞第二大城、第一大港。十一世紀阿拉伯商旅在此建港，由於位處非洲、阿拉伯和印度間的要津，迅速繁榮發展。一四一五年，鄭和的船隊造訪蒙巴薩。一四九八年葡萄牙探險家達伽馬（Vasco da Gama）到訪，成為第一個來到這裡的歐洲人。

10 吉波（Zippo）是一九三〇年代創立的美國著名打火機品牌。

11 尼拉貢戈（Nyiragongo）火山位於剛果民主共和國東部基伍湖北側，毗鄰烏干達和盧安達，海拔三四七〇公尺。巨大火山口內通常有世界罕見的熔岩湖。地處東非大裂谷的尼拉貢戈火山和附近的尼亞穆拉吉拉（Nyamuragira）火山是現時非洲最活躍的火山，占歷史記錄噴發次數總量的百分之四十。

12 尼雍格威（Nyungwe）森林位於盧安達西南部，北側接近基伍湖，可能是非洲中部保存最好的山岳雨林。

二〇〇四年尼雍格威國家公園在這個地區成立，南面毗連蒲隆地的基比拉（Kibira）國家公園。

13 普利姆斯（Primus）是比利時商人於一次世界大戰後在剛果創立的啤酒品牌，一九二六年開始釀造。目前的生產商是布拉里馬（Bralima）釀酒公司，隸屬於海尼根（Heineken）集團。

14 鮑勃・德納爾（Bob Denard，一九二九—二〇〇七），有時也用法語別名吉貝爾・布爾若（Gilbert Bourgeaud）或阿拉伯語別名薩伊德・穆斯塔法・馬赫侏布（Saïd Mustapha Mahdjoub），著名法籍傭兵，曾在亞非多國發動政變，並暗殺各國政要。德納爾早年在法國海軍服役，先後參與法越戰爭、駐守法屬阿爾及利亞。五〇年代曾在摩洛哥擔任警察，阿爾及利亞戰爭期間擔任法國特工。一九六一年底，德納爾在薩伊南部的卡丹加（Katanga，現稱盧阿拉巴〔Lualaba〕）展開超過三十年的傭兵生涯，主要接受戴高樂政府的非洲政策協調人佛卡爾（Jacques Foccart）指揮，歷年參與薩伊、辛巴威、葉門、伊朗、奈及利亞、貝南、加彭、安哥拉、葛摩等地的衝突，包括二十多次軍事政變。據信法國暗中支持德納爾的大部分行動，以維持對前殖民地的影響力。一九九五年在葛摩發動政變時，因與法國立場相左，最終遭法方拘捕，押返巴黎受審，二〇〇六年因九五年葛摩政變期間試圖推翻阿卜杜卡利姆（Mohamed Taki Abdoulkarim）總統一事，被判有期徒刑五年，但其健康狀況不佳，未曾服刑便於隔年因病去世。

15 科盧韋齊（Kolwezi）位於剛果民主共和國盧阿拉巴省省會、重要礦業城市，接近剛果河發源地。一九七八年這裡發生戰役，安哥拉支持的卡丹加軍隊占領科盧韋齊並劫取人質，薩伊政府尋求國際支援，請其協助恢復秩序。比法兩國均派軍介入，設法驅逐叛軍，並遷離近兩千名歐洲居民。戰役最終導致兩百餘名叛軍、七百名非洲平民、近兩百名歐洲人質喪生，十餘名外國突擊隊員死亡或失蹤。

16 薩伊化（zaïrianisation）是前薩伊共和國總統莫布杜從一九六五年開始推行的官方本土化運動，旨在消除殖民及西方文化影響，建立清晰的本土國族認同。具體政策包括讓殖民時期被歐語化的地名及人名恢復道地非洲色彩（例如將國名由「剛果—利奧波德維爾共和國」改為薩伊共和國、首都由利奧波德維爾改為金夏沙）、以類似中山裝的阿巴寇斯特（abacost）外套取代西裝、貨幣改制（以薩伊元取代剛果法郎）等。莫布杜本人的姓名也從「約瑟夫．莫布杜」改為「莫布杜．塞塞．塞科．庫庫．恩班杜．瓦．扎．邦加」。一九七四年起逐步國有化原由外國人士或外資持有的公司企業，但相關政策及由此衍生的問題導致嚴重的貪腐和經濟亂象。薩伊化運動於一九七〇年代末期逐漸式微，一九九〇年代幾乎完全消失。

17利奧波德二世（Léopold II）全名利奧波德．路易．菲利普．馬里．維克多（Léopold Louis Philippe Marie Victor，一八三五－一九〇九），於一八六五年繼承父親利奧波德一世成為比利時國王。他在成為國王前即計畫在非洲擴展比利時的勢力。一八七六年成立國際非洲協會，開發剛果，一八八五年成立剛果自由邦，獲歐洲列強承認。剛果自由邦是利奧波德二世的私人領地，與比利時完全分開運作。他以殘酷手段對其進行剝削、壓榨式的殖民統治，據估計在此期間剛果人口從兩千萬銳減為一千萬。

18卡雷米（Kalemie）位於剛果民主共和國東部、坦干依喀湖西岸，也是坦干依喀省首府。卡巴洛（Kabalo）位於卡雷米以西大約三百公里。

19伊克塞爾（Ixelles）是比利時布魯塞爾首都大區下轄的十七個城市之一。

3

接下來那段日子，爸爸好幾次設法用甜言蜜語或開玩笑的方式補救兩個人之間的關係，可是媽咪絲毫不爲所動。某個星期天，他忽然心血來潮，決定帶我們到距離布瓊布拉六十公里的湖濱小鎮雷夏（Resha）吃午飯。那是我們一家四口最後一次一起度過星期天。

車窗全開，風在耳邊呼嘯，我們幾乎聽不見彼此說的話。媽咪顯得心不在焉，爸爸則試著粉飾沉默的氣氛，他不斷說明周遭的事物，其實根本沒人問他。「你們看，那邊那棵樹叫吉貝木棉，是德國人在十九世紀末引進蒲隆地的。它會長出橢圓形的蒴果，裡面的纖維可以當作枕頭的填充料。」公路沿湖南行，一直走就會到達坦尚尼亞邊界。爸爸繼續自言自語：「坦干依喀湖是全世界最長、魚類也最多的湖。它的長度超過六百公里，面積比蒲隆地還大。」

雨季差不多結束了，天空非常清朗。我們可以看到五十公里外湖對岸的薩伊，以及在那邊的山坡上閃閃發光的鐵皮屋頂。小朵小朵的白雲彷彿棉花球，懸浮在山巔。

跨越穆傑爾（Mugere）河的橋在最近的漲水期間被沖斷了，所以我們是從河床上開過去。河水滲進車子裡，自從爸爸買了這輛四輪驅動帕傑羅[1]以後，這還是第一次車子半路熄火，得重新發動。抵達雷夏時，「城堡餐廳」的廣告看板映入眼簾。車子開進一條兩邊種了芒果樹的小泥土路，一群正在停車場上互相抓蝨子的綠猴等著迎接我們。餐廳是一棟有紅色鐵皮屋頂的奇怪建築物，屋頂上裝設了一具信號燈，門口則有一塊銅製裝飾板，上面是阿赫那頓法老王[2]的肖像。

我們在露天座位區一把印有「阿姆斯特爾」[3]商標的遮陽傘底下就座。只有吧台附近另外一張桌子也坐了人，是一名部長在跟家人用餐，兩名武裝士兵在旁警戒。部長的孩子比我們還乖，他們一動也不動，幾乎連眼睫毛都沒眨，只是偶而靦腆地拿起眼前的芬達汽水喝。音響喇叭低聲播放充滿雜訊的音樂，是康喬·阿密西[4]的錄音帶，爸爸在椅子上搖晃身子，手指把鑰匙甩得轉圈。媽咪面帶傷心的微笑，在旁看著安娜和我。女服務生過來時，她幫大家點菜。「船長烤肉串來四串！兩瓶果多[5]。兩瓶阿姆斯特爾啤酒。」媽咪跟這些基層員工說話的時候，從來不說完整的句子，彷彿在發電報給他們。跟小伙計打交道不值得她多費唇舌。

要等餐點送上桌，經常得花整整一個小時。餐桌上氣氛凝重，只有爸爸的鑰匙叮噹作響，媽咪擠出苦笑，安娜和我趁機開溜，跳進湖裡游泳。爸爸為了嚇唬我們，大聲叫道：「小朋友，當心鱷魚啊……」距離岸邊十公尺，一顆岩石從水面冒出頭，彷彿河馬渾圓的背。我們比賽游到那裡，然後又游到更遠一點的湖堤，湖堤是用金屬打造的，從那上面可以跳水，也可以透過碧綠的湖水，觀察魚兒在岩石間悠游。沿著梯子爬回堤面時，我瞧見媽咪站在沙灘上，她身上穿的是白色套裝，腰間繫了一條棕色寬皮帶，頭髮上綁著紅色頭巾。她招手要我們回去吃午餐。

用完餐以後，爸爸載我們到奇格威納（Kigwena）森林看狒狒。我們沿著一條黏土小徑走了將近一個小時，不過除了幾隻綠色的蕉鵑以外，其他什麼也沒看到。爸爸媽媽之間的氣氛很僵。他們互相不說話，刻意迴避對方的目光。我的鞋子沾滿了泥土。安娜跑在最前頭，想搶在所有人之前發現那些猴子的蹤跡。

然後爸爸帶我們參觀魯蒙格[6]棕櫚油製造廠。一九七二年他來到蒲隆地以後，曾負責監督這座工廠的興建工程。機器已經老舊了，整棟建築好像被一層油性物質覆蓋住。堆積如山的棕櫚果被放在藍色帆布上曬乾。四周是一望無際的棕櫚林。爸爸為我們說明壓榨棕櫚油的各個作業階段時，我看到媽咪踱步離開，朝車子的方向走去。後來在路上，她把車窗搖上，打開冷氣。她拿了一卷哈嘉·甯[7]的錄音帶放進音響，然後我跟安娜開始跟著唱〈桑波雷拉〉（Sambolera）。媽咪也陪我們一起唱。她的音色很好，有種撫慰心靈的效果，跟冷氣一樣讓人全身顫動。我們很想把錄音帶按停，只聽她唱歌。

穿越魯蒙格的市集時，爸爸把檔速調低，並趁勢將手擱在媽咪的膝蓋上。她猛力把他推開，彷彿在揮趕盤旋在餐盤上方的蒼蠅。爸爸馬上朝後視鏡看了一眼，我把頭轉向窗外，假裝什麼也沒看見。在國道三十二公里的地方，媽咪買了好幾球用香蕉葉包的「烏布沙桂」（ubusagwe，冷木薯糕），我們把它裝進後車廂。旅途快結束時，我們在「李文斯頓與史坦利紀念石」停車休息。石頭上寫著「李文斯頓，史坦利，一八八九年十一月二十五日」[8]。我跟安娜一起開心地扮演兩位探險家相遇的著名橋段：「想必您就是李文斯頓醫師？」遠遠地，我終於看到爸爸和媽咪在交談。我心裡盼著他們兩個會和解，爸爸會用結實的臂膀抱住媽咪，媽咪會把頭靠在他的肩頭，然後他們會手牽著手，像戀人般在下方的香蕉園漫步。但後來我發現他們是在比手畫腳地吵架，不時用手狠狠指著對方的鼻頭。一陣溫煦的風吹拂著，讓我沒法聽清楚他們在說什麼。在他們的背後，香蕉樹被吹彎了腰，一群鵜鶘從岬角上方飛過，紅通通的太陽逐漸往西邊的高原後方墜落，波光粼粼的湖面被一片炫目的光線包裹住。

那天夜裡，媽咪的怒氣讓我們家的牆壁震動起來。我聽到杯子打碎、窗玻璃破裂、盤子摔在地上的聲音。

爸爸一直重複說：

「依鳳，冷靜點。妳把整個社區的人都吵醒了！」

「你去死吧！」

哽咽聲把媽咪的聲音化成一條奔騰的土石流。怒言宛如血崩，咒罵好比轟炸，激盪在夜色中。然後吵鬧聲轉移到家門外，媽咪在我的窗戶底下嘶喊，車子的擋風玻璃被她打碎。忽然什麼聲音都沒有了。接著暴戾再度翻滾，在周遭不斷奔騰。透過從我的房門底下竄進來的燈光，我看著他們的腳步來來回回。我的小指把我蚊帳上的一個小洞弄大了。他們的聲音在尖叫與低吼間交纏、扭曲，在地磚上反彈，在天花板夾層中回響，我已經搞不清楚他們用的是法語還是克倫地語[9]，他們是在叫還是在哭，也不知道是我爸媽在打架，還是社區裡的狗在狂吠。我最後一次緊緊揪住我的幸福，但無論我怎麼使勁，還是沒法阻止它跑走，它被塗滿從魯蒙格工廠滲出來的棕櫚油，硬是從我手中滑掉。沒錯，那是我們一家四口一起度過的最後一個星期天。那天夜裡，媽咪離開了我們家。爸爸設法忍住哽咽。安娜像小嬰兒般握著拳，睡得很香，但我的小指頭卻把床上的帳幕撕破了。從小到大，那條蚊帳曾經一直保護我不被蚊子咬啊。

譯註

1帕傑羅（Pajero）是三菱的一款越野車。第一代帕傑羅於一九八一年問世，一九八三年首度使用於巴黎─達卡越野賽。

2阿赫那頓（Akhenaton）是古埃及第十八王朝法老，原稱阿蒙霍特普四世（Amenhotep IV）。據估計生於前一三七一至一三六五年之間，卒於前一三三八至一三三四年之間，其父為第十八王朝全盛時期法老阿蒙霍特普三世，王后是古埃及最具權勢的絕代佳人娜芙蒂蒂（Nefertiti）。阿赫那頓在位期間推行宗教改革，力圖拋棄傳統多神信仰，建立以太陽神「阿頓（Aton）」為核心、帶有一神教色彩的宗教。不過他的改革未受多數人接受，去世後被視為異端，雕像和紀念碑被毀，名號不再列入國王錄，傳統宗教則重新普及。十九世紀期間，有人發現他為阿頓教而造的阿赫那頓城，引發研究熱潮。

3 阿姆斯特爾（Amstel）是荷蘭的啤酒品牌，一八七〇年創立，原在位於阿姆斯特丹的同名啤酒廠生產。阿姆斯特爾於一九六八年被競爭對手海尼根收購，原廠於一九八〇年關閉。

4 康喬・阿密西（Canjo Amissi，一九五七—一九九六），蒲隆地創作歌手、吉他演奏家。

5 果多（Fruito）是蒲隆地的果汁品牌，一九八七年創立。

6 魯蒙格（Rumonge）是蒲隆地西南部的濱湖城市，魯蒙格省省會，位於首都布瓊布拉以南七十餘公里處。

7 哈嘉・甯（Khadja Nin）是一九五九年出生的蒲隆地知名歌手、音樂人。

8 李文斯頓與史坦利紀念石位於布瓊布拉南方十二公里處，俯瞰坦干依喀湖。一八七一年十一月底，探險家、傳教士大衛・李文斯頓（David Livingston）與探險家、記者亨利・史坦利（Henry Stanley）在此地住過兩晚。有些蒲隆地人認為這裡是李文斯頓與史坦利首度會晤的地點，不過根據史坦利的著述，他們是此前兩星期在坦尚尼亞見面的。

9 克倫地語（Kirundi）屬班圖語族，現今約有九百萬人使用，使用者分布於蒲隆地、坦尚尼亞、烏干達與剛果民主共和國境內。克倫地語是蒲隆地的官方語言，和盧安達語有互通之處。

4

雪上加霜，耶誕節很快就要到了。爸爸和媽咪爭奪我們這兩個小孩在節日期間的監護權，後來達成協議，我讓爸爸帶，安娜則跟媽咪一起到盧安達，拜訪她一位住在首都基加利的阿姨歐賽碧。那是媽咪在一九六三年以後第一次回去。由於政府與盧安達愛國陣線[1]達成新的和平協議，那裡的情勢看似比較穩定。盧安達愛國陣線這個反抗組織的成員，主要是一些流亡國外的盧安達僑民的小孩，年紀跟媽咪差不多。

爸爸和我一起度過兩個人的耶誕。我拿到的禮物是一輛紅色極限單車，它的把手上垂掛著五顏六色的彩帶裝飾。我喜不自勝，耶誕節當天，天剛破曉，爸爸都還沒醒，我就把它帶去給住在我們家對面巷口那棟房子裡的雙胞胎兄弟看。他們讚嘆不已。然後我們在碎石地上玩速滑特技。爸爸穿著條紋睡衣，怒氣沖沖地駕到，在我的玩伴面前打了我一記耳光，處罰我一大早沒告訴他就擅自出家門。我沒哭，或許有掉了幾滴眼淚吧，不過那當然是因爲自行車滑行揚起的灰塵，或者有小飛蟲飛進我的眼睛，總之我也不太知道。

元旦那天，爸爸決定帶我到基比拉森林健行。我們在陶藝村的俾格米人家裡過夜，那裡的海拔超過兩千三百公尺，氣溫接近零度。午夜的時候，爸爸特准我喝幾口香蕉啤酒暖身，並且藉此慶祝一九九三年新年新氣象。然後一夥人在爐火四周的硬泥地上簇擁著取暖睡覺。

凌晨時分，爸爸和我踮著腳尖離開俾格米人的茅屋，他們的頭枕在用來裝「烏爾瓦瓜」（urwagwa，香蕉啤酒）的葫蘆上，人還在打呼。外頭的地面結了霜，露水凝結成白色冰晶，濃霧籠罩在尤加利樹樹梢。我們在森林中沿著一條蜿蜒的小徑前進。我在一根腐爛的樹幹上抓了一隻體型碩大、黑白相間的甲蟲，把牠關在一個金屬盒子裡，開始我的昆蟲採集事業。太陽逐漸爬上天空，氣溫隨之升高，清晨的清涼轉換成濕黏的熱氣。爸爸一言不發地走在我前面，汗水使他的頭髮變得顏色暗沉，並且在他的頸背上緣鬈曲起來。我們聽見狒狒的聲音在樹林裡迴盪。有時候，蕨類植物叢裡會有某種東西騷動，讓我嚇一大跳，想必不是藪貓就是麝貓。

快到傍晚時，我們碰到一群俾格米人，他們帶著一群狗，是種被稱作「釀釀」的獵犬[2]。

他們來自打鐵村，那個地方的海拔更高。他們身上斜背著弓箭，剛打完獵準備回家，捕獲的獵物包括鼴鼠、甘比亞鼠和一隻黑猩猩。爸爸對這個身形嬌小的人種非常著迷，他們的生活方式數千年來一直沒有改變。跟他們分開時，他用悲傷的語氣告訴我，由於人類的進步、現代化和傳教活動，那個世界註定要消失了。

返回車上以前，在山徑的最後一段路上，爸爸要我停下腳步。他拿出一台拋棄式相機：

「過去那裡！我要幫你拍照，這樣我們就可以留作紀念。」

我爬上一棵長得像大型投石器的樹，站在兩根樹幹中間。爸爸把輪柄往上扳。注意！相機發出「答」的一聲，接著是底片捲動的聲音。那捲底片就這樣用完了。

回到村子裡，我們感謝俾格米人的親切招待。一群小朋友跟在車子後面跑了好幾公里，設法掛在車身上跟著前進，直到車子開上柏油路。在下山通往布加拉馬[3]的路段上，我們一直被「香蕉自殺客」超車，他們騎的是自行車，但速度比汽車還快，他們的行李架不是堆滿笨重的香蕉串，就是裝載重達數十公斤的袋裝煤炭。用那樣的速度騎車，萬一不小心摔倒，經常是一命嗚呼，而要是車子飛出路面，恐怕只有墜落深淵一途，那裡是車輛的墳墓，一大堆小巴士和來自坦尚尼亞的卡車在谷底摔成破銅爛鐵。公路另一側同樣有一群自行車手，他們把貨物送到首都以後，回頭往山上騎，並且悄悄地把他們的車勾在卡車後面的避震桿上。我想像自己騎著我那輛有彩帶裝飾的紅色極限單車，在通往布加拉馬的下坡彎道上全速急衝，跟公路上的汽車和卡車瘋狂競速，死命超過它們。抵達布瓊布拉的時候，雙胞胎兄弟、艾爾芒和吉諾在終點歡迎我，彷彿我是環法自行車賽[4]的勝利者。

回到家門口時，天色已經全黑。爸爸在大門外面按了好幾次喇叭。我家門上掛了一塊牌子，上面用法文和克倫地文寫著「內有惡犬」。園丁瘸著腿來開門，後面跟著我們家那條紅白相間的小鬈毛狗。這條狗是馬爾濟斯和捕鼠犬意外交配生出來的，理論上牠應該代表警示牌所指的危險，但恐怕連牠自己都不相信那四個字。爸爸下車時，立刻問園丁：

「卡利斯特呢？爲什麼是你來開門？」

「卡利斯特不見了，老闆。」

小狗還跟著他。牠沒有尾巴，所以是用搖屁股的方式表示牠很高興。而且牠會把嘴唇翹起來，讓人覺得牠好像在微笑。

「什麼，不見了？」

「他今天早上很早就走了，不會回來了。」

「這又是怎麼回事？」

「卡利斯特出了狀況，老闆。昨天我們一起慶祝新年。晚上我睡著以後，他跑進店裡，偷走很多東西。然後他就不見了……我後來才發現。」

「他偷了什麼？」

「一輛推車，一盒工具，一台砂輪機，一具烙鐵，兩罐油漆……」

園丁繼續念出失物清單，不過爸爸做手勢打斷他。

「好了！好了！星期一我就去報警。」

園丁補了一句：

「他還偷了加布里爾少爺的自行車。」

聽到這句話，我的心一沉，彷彿心臟掉進肚子裡。不可能。我無法想像卡利斯特竟會做出這種事。我開始嚎啕大哭，怪罪這整個世界。爸爸一直說：「我們會把你的腳踏車找回來，加比，別難過了。」

譯註

1 盧安達愛國陣線（Front Patriotique Rwandais，簡稱ＦＰＲ或按其英文名稱作ＲＰＦ）是盧安達的一個政黨，現為執政黨，由總統保羅．卡加梅（Paul Kagame）擔任主席。盧安達愛國陣線由盧安達第一共和與第二共和期間流亡國外的圖西族人及其後代創建。前身為一九七九年成立的盧安達難民福利基金會；該基金會於成立次年即從慈善機構轉型為政治組織「盧安達全國統一聯盟（Rwandese Alliance for National Unity）」，尋求重返盧安達；一九八一至八六年間，聯盟部分年輕成員曾加入穆塞維尼（Yoweri Kaguta Museveni，一九八六年起任烏干達總統）領導的游擊隊，一同反抗持排外態度的時任烏干達總統奧博特（Apollo Milton Obote），聯盟漸漸帶有軍事色彩。一九八七年底，聯盟更名盧安達愛國陣線，作風更加軍國化。一九九〇年由烏干達進攻盧安達，開啟了盧安達內戰。一九九四年春，時任盧安達總統的朱韋納爾．哈比亞利馬納（Juvénal Habyarimana，胡圖族）座機被擊落遇難，盧安達種族大屠殺隨即展開，導致許多平民死亡（含圖西族與溫和派胡圖族），死亡人數估測有五十萬至一百萬之多。愛國陣線的武裝部隊乘勢進入盧安達，於同年七月奪權，結束屠殺，自此愛國陣線於該國執政至今。

2 釀釀獵犬（terrier Nyam-Nyam）即巴仙吉犬（Basenji），又稱「剛果獵犬（terrier Congo）」，是原生於中非（尤其剛果民主共和國一帶）的短毛獵犬。由於幾處法老王墓碑柱曾發現有類似巴仙吉犬的犬隻圖像，推測可能於古埃及時期便成為家犬。

3 布加拉馬（Bugarama）是魯蒙格省轄下的鄉鎮之一。

4 環法自由車賽（Tour de France）是每年舉辦的多賽段公路自由車賽，主要路線在法國境內，但也會出入周邊國家。一九〇三年首度舉辦，每次賽期二十三天（實際比賽日為二十一天），平均賽程超過三千五百公里，路線每年不同，但大體上會環繞法國一周。

5

接下來那個星期天，安娜從盧安達回來了。隔天學校就要開學。媽咪在中午過後把她送到家裡。她的頭髮上綁了小辮子，其中有幾撮頭髮染成了金色。爸爸不喜歡，他覺得這種顏色在小女生頭上看起來很庸俗。他跟媽咪吵架，媽咪立刻重新發動摩托車，我都還沒時間親她，還沒祝她新年快樂，她就走了。我在門口台階上站了好久，心裡相信她會回來，一旦她發現剛才她把我給忘了，一定會回來。

然後那對雙胞胎兄弟過來家裡，跟我說他們到鄉下的外婆家過耶誕節假期的事。

「好可怕！那邊沒有浴室，我們必須在院子裡脫光衣服，當著所有人的面洗澡。老天在上，眞的，加比！」

「然後因爲那些人不習慣看到我們這種混血兒，村子裡的小孩會跑過來，隔著柵欄偷窺我們洗澡，還會大聲喊：『白種小屁屁！』眞的很討厭。外婆只好丟石頭把他們趕走。」

「這時她才發現我們沒有割包皮。」

「你知道割包皮是什麼意思嗎？」

我搖頭。

「就是把小雞雞割掉！」

「外婆請索斯坦舅舅割我們的包皮。」

「那時候我們自己也不知道割包皮是怎麼一回事，所以一開始沒怎麼留心。外婆跟舅舅用克倫地語講話，我們完全聽不懂，不過她一直用手指頭對著我們那兩根指指點點。我們想打電話給爸爸媽媽，因爲感覺外婆和舅舅好像在計畫一些非常可疑的事。可是我告訴你，小弟，那邊眞的是鄉下，沒有電，也沒有電話。廁所就是地上的一個洞，周圍讓蒼蠅免費長期停車！老天在上！」

每次雙胞胎兄弟咒罵或發誓時，他們都用「老天在上」這句話，同時用一根手指滑過脖子，模仿拿刀子殺雞的動作，最後是把手舉起來，用食指彈拇指，發出「嗒！」一聲。

「索斯坦舅舅跟兩個大表哥來了，他們叫戈德福和巴塔薩。一群人把我們帶到要出村子的地方，我們進了一間小土屋，房間中央有一張木桌。」

「舅舅事先已經到店裡買了刮鬍刀片。」

「戈德福表哥把我的手拉到背後抓著我，巴塔薩表哥把我的腿卡住，然後舅舅把我的褲褲脫下來，抓住我的雞雞，把它放在木桌上，把吉列牌刮鬍刀從包裝紙裡拿出來，把我的皮往前拉，然後，咖！前面就被割掉了！然後他在上面塗鹽水消毒。老天在上！」

「耶巴巴威[1]！看到那個場面，我嚇得直接往山裡逃，像羚羊被獵豹追似的。可是那兩個表哥把我抓了回去，一樣把我卡住，然後——咖！一模一樣！」

「後來索斯坦舅舅把我們被切下來的那兩小片雞雞裝進火柴盒，拿給外婆。外婆把火柴盒打開來看，檢查工作成果。她的臉上居然露出滾石唱〈滿足〉[2]的表情，老天在上！眞的有夠邪惡！然後還有更絕的，她居然把我們的兩小片雞雞埋在他們家院子裡，埋在一棵香蕉樹下！」

「小雞雞升上雞雞天堂了！老天保佑小雞雞的靈魂！」

「阿們！」

「事情還沒結束呢！我們被迫穿連身裙，像女生一樣，因爲褲子很容易摩擦傷口，你知道的。」

「穿裙子哪，老弟，眞是丟臉丟到全世界了！」

「假期結束的時候，爸爸媽媽來接我們，他們看到我們穿那種搞笑衣服，覺得很奇怪。爸爸問我們爲什麼穿裙子。」

「我們把事情統統說了出來。爸爸對外婆很生氣，他說我們是法國人，不是猶太人！」

「可是媽媽跟他解釋說，這邊的人這麼做是爲了衛生。這樣髒東西才不會塞在裡面。」

每次雙胞胎兄弟說完一個故事的時候，都會一直喘氣。他們唱作俱佳，拚命比手畫腳，把所有細節描繪得清清楚楚。想必連聾子也能懂他們說的東西。他們說話的時候，簡直像一堆字詞爭先恐後要冒出頭，一大堆話撞成一團。只要一個人說完一句話，另一個人就會立刻接龍，好像接力賽選手在交棒。

「我不相信你們的話！」我說。

這也是因爲那兩個雙胞胎很喜歡撒謊。如果其中一個開始撒謊，另一個人會立刻把謊話接下去，完全不必事先串通。那眞是種如假包換的天賦。我爸爸說，他們是吹牛大師、眞假莫辨的魔術師。雙胞胎一聽到我說他們在唬我，馬上異口同聲地回道：「老天在上！」接著手指在脖子上一劃，食指彈拇指，嗒！然後他們瞬間就把褲子往下拉。我看到兩小塊紅得發紫的的肉，覺得太噁了，於是把眼睛閉起來。他們把褲子拉上時又補了一句：

「還有咧！在外婆的村子裡，我們看到一個人在騎你的腳踏車。老天在上！」

譯註

1耶巴巴威（yébabawé），克倫地語中的感嘆語，意思類似「老天爺啊」、「媽媽咪呀」。

2〈滿足〉全名〈（無法）滿足〉（〔I Can't Get No〕Satisfaction），是英國滾石樂團（Rolling Stone）於一九六五年發行的一首歌曲。該曲是滾石在英國的第四首冠軍單曲，在美國的第一首冠軍單曲。二〇〇四年，《滾石》雜誌將它列為「史上最偉大的五百首歌曲」第二位。

6

爸爸嘶啞的叫聲把我吵醒。「加比！加比！」我飛速起身，生怕上學遲到。我常常睡過頭，得讓爸爸叫我起床。安娜則總是趕早準備好，頭髮梳得整整齊齊，髮夾別得穩穩當當，全身塗上椰奶霜，牙齒刷乾淨，鞋子亮晶晶。她甚至會想到前一天晚上就把水壺放進冰箱，這樣她一整個早上都會有清涼的水可以喝。她會提前做功課，把課本背得滾瓜爛熟。眞了不得的女生，安娜。我一直覺得她像我姊姊，雖然她比我小三歲。我走出房間，在走道上看到爸爸的房門關著。他還在睡覺。原來我又上當了——剛剛是鸚鵡在學他叫。

我走到鸚鵡對面的露台上坐下。牠正在用爪子緊緊抓著花生吃。牠用彎彎的喙把外殼搗爛，取食裡面的果仁。牠的黃色眼珠裡有顆黑色瞳孔，牠透過這對奇特的眼睛看了我一會，然後用吹口哨的方式唱了一段爸爸教過牠的〈馬賽曲〉[1]。接著牠把頭從籠子的兩條鐵柵間伸出來，讓我摸牠的頭頂。我的手指伸進牠的灰色羽毛，摸到牠頸背上那熱熱的粉紅色肌肉。

庭院裡，一群鵝排成一列，從夜班守衛前面走過去。守衛坐在一張蓆子上，厚厚的毛毯往上拉到下巴，小收音機正在播放克倫地語晨間新聞。就在這個時候，普羅泰跨進大門，沿著通道走來，爬上三個台階，到露台上跟我打招呼。他瘦了很多，五官已經垮了；原本他看起來就比實際年齡老，現在又顯得更老了。最近幾個星期他沒來上班，因爲他得了腦性瘧疾，差點送了命。爸爸幫他付了所有醫藥費和看傳統治療師的費用。我跟著他走進廚房，他在那裡脫下出門穿的服裝，換上工作服：一件磨舊的襯衫，一條太短的長褲，一雙螢光色的塑膠涼鞋。

「加布里爾少爺，你想吃歐姆蛋還是煎蛋？」他一邊檢查冰箱存貨一邊問我。

「請你做兩顆煎蛋，普羅泰。」

爸爸出現時，安娜和我已經在露台上坐定，等著吃早餐。他的臉上有幾道淺淺的割痕，左耳後方還有一些沒沖掉的刮鬍膏。普羅泰用大托盤端來用保溫壺裝的茶、一瓶蜂蜜、一碟奶粉、人造奶油、醋栗果醬，還有我的煎蛋。蛋煎得有點焦酥，我就喜歡吃這樣的蛋。

「早啊，普羅泰！」爸爸跟他打招呼，同時發現他的氣色不好。

廚師靦腆地點了個頭，當作回答。

「你看起來好多了！」

「是好多了，謝謝大爺。謝謝您的幫忙。我們一家都很感激您。我們爲您禱告，大爺。」

「不必謝我。我幫你付的醫藥費會從你接下來幾個月的薪水扣掉，你知道的。」爸爸用平板的口氣說。

普羅泰的臉緊繃了起來。他拿起空托盤，遁進廚房。多納西恩踩著搖搖晃晃的步伐走來。他穿了一件阿巴寇斯特，這是一種用材質輕盈的深色布料製作的短袖外套，穿的時候不搭配襯衫領帶，莫布杜規定薩伊人民穿這種衣服，以革除殖民時代的穿著風格。多納西恩是爸爸的工頭，已經做了二十年，是他手下最忠誠的員工。雖然他還不到四十歲，不過在工地，工人習慣叫他「恩傑」（mzee）——老頭。多納西恩是薩伊人，高中畢業後來到蒲隆地，在魯蒙格的棕櫚油廠上班，當時爸爸在那裡擔任廠長。後來多納西恩一直待在蒲隆地。他跟妻子和三個兒子一起住在市區北側的城區卡蒙戈。原子筆套從他的上衣口袋突出來。他只要一有時間，就會從鱷魚皮郵差包拿出一本聖經，讀上幾個段落。每天早上，爸爸會交代他一天要做的事，並交給他一筆錢，用來支付日工的薪餉。

稍後，伊諾桑也走上露台，跟爸爸拿勤務用小卡車的鑰匙。伊諾桑是個年紀不到二十歲的蒲隆地青年，身材高瘦，額頭上有一道垂直的傷疤，使他顯得神情嚴肅，而他也樂於培養這副形象。他拿著一根已經咬了千百次的牙籤，不斷從嘴巴一頭剔到另一頭。他穿了一條寬鬆長褲，頭戴棒球帽，腳上穿著大尺碼的白色籃球鞋，手腕上戴了一條紅、綠、黃三色的鬆緊手環，這三色是所謂的「泛非顏色」[2]。他在其他員工面前經常脾氣惡劣、態度高傲，不過爸爸很看重他。伊諾桑遠不只是公司的司機，也是爸爸的萬能職員。他對布瓊布拉的動態瞭若指掌，到哪裡都吃得開。布維薩的修車廠、布延吉的廢鐵商、亞洲人區的商家、穆哈營區的軍人、克維加貝的妓女、中央市場的肉丸販子……[3]行政申請案連續好幾個月被壓在小官僚的辦公桌上時，他總是知道該找誰送紅包，把關係打通。警察永遠不會找他麻煩，街上的小孩會免費幫他看管車子。

事情交代完畢以後，爸爸把保溫壺裡剩下的茶倒給那盆葉子無精打采的歐洲夾竹桃，用口哨聲對著鸚鵡吹出幾秒鐘的〈馬賽曲〉，然後大家迅速跳進汽車。

譯註

1〈馬賽曲〉（La Marseillaise）是法國國歌，又稱〈馬賽進行曲〉。一七九二年法國大革命期間創作，原為軍歌，當時法國向奧地利宣戰，歌曲題名為〈萊茵軍團戰歌〉。同年夏天，來自馬賽的志願軍赴巴黎支援杜樂麗起義時高唱此曲，因而被冠上〈馬賽曲〉的名稱。一七九五年法國國民公會將其定為國歌。

2泛非顏色（les couleurs panafricaines），即文中提到的紅、綠、黃（有一說為金色）三色，是泛非主義運動（Pan-Africanism）的象徵色。泛非主義為非洲民族主義思潮，強調具有非洲血統、受過去黑奴貿易殘害的族群應凝聚團結，在經濟、社會、政治層面一同追求進步與提升。泛非主義顏色常見於非洲國家的國旗與國徽上，也用於某些非國家級領土、組織的標誌中，廣及非洲及南北美洲。

3布瓊布拉分作三大區，大區下再分作較小的城區，轄下共有十三個城區，城區又再分成更小的街區。多納西恩住的卡蒙戈（Kamenge），以及布維薩（Bwiza）和布延吉（Buyenzi）都是布瓊布拉轄下的城區。克維加貝（Kwijabe）是屬布維薩之下的街區。穆哈（Muha）則是三大區之一，下有坎優沙（Kanyosha）、基寧多（Kinindo）、穆薩加（Musaga）三個城區。

7

布瓊布拉的法國學校占地遼闊，提供從幼稚園到高三的完整學程。學校有兩個主要出入口。面對路易．盧瓦嘉索爾王子[1]體育場和獨立大道的大門是給「大人」出入用的，直接通往行政大樓、初中教室和高中教室。設在穆茵加大街和國民進步同盟大道交叉口的校門是幼稚園小朋友的出入口。小學部位於兩個校門之間，而爸爸會習慣性地把我們送到小朋友的校門。

「伊諾桑中午會來接你們，然後載你們到媽媽的店。我明天回來，我要去看內地的一個工程。」

「好的，爸爸。」安娜聽話地說。

「加布里爾，星期六你陪伊諾桑和多納西恩到奇比托克[2]處理自行車的事。你必須跟他們一起去，這樣才能指認。不必擔心，我們會把它找回來的。」

這天早上，課堂的氣氛沸沸揚揚。老師發給每個同學一封信，是法國奧爾良市[3]一所小學的一班五年級學生寫的。接到筆友的消息，我們覺得非常興奮。在我收到的信封上，我的名字是用粉紅色大寫字母寫的，周圍畫了法國國旗、星星，還有好幾顆愛心。信紙散發濃郁的甜香。我小心翼翼地把信攤開。發信人筆跡工整，文字往左邊傾斜：

一九九二年十二月十一日　星期五

親愛的加布里爾：

我叫蘿兒，今年十歲。我跟你一樣讀小學五年級。我住在奧爾良，我們家是一棟有花園的小別墅。我的個子很高，頭髮是金色的，長度到肩膀，我的眼睛是綠色，臉上有雀斑。我弟弟名叫馬修。我爸爸是醫生，我媽媽沒上班。我喜歡打籃球，我會做可麗餅和蛋糕。你呢？

我也喜歡唱歌和跳舞。你呢？我喜歡看電視。你呢？我不喜歡看書。你呢？長大以後，我想像我爸爸那樣當醫生。每次放假我都會到旺德[4]的表哥家玩。明年我想去一個新開的主題樂園玩，它叫迪士尼樂園。你知道嗎？可以請你寄照片給我嗎？

希望很快接到你的回信。

親親

蘿兒

PS：你收到我們寄給你們的米了嗎？

蘿兒在信裡夾了一張她的照片。她的模樣很像安娜的某個洋娃娃。這封信令我失了方寸。讀到「親親」這個詞語的時候，我的臉紅了起來。我覺得彷彿剛收到一盒精緻的糖果，好像忽然間打開了一扇門，看到一個從前不曾想像的神秘世界。蘿兒，那個生活在遠方某處的金髮綠眼法國小女孩，她願意親吻我這個住在基納尼拉區[5]的男孩加比。我怕有人會注意到我的慌亂情緒，於是趕緊把她的照片放進書包的一個口袋，把信收回信封裡。我已經開始思考該寄我的哪張照片給她了。

接下來那個小時的課，老師請我們寫信回答筆友的問題。

一九九三年一月四日 星期一

親愛的蘿兒：

我的名字是加比。其實任何東西都有名字。道路、樹木、昆蟲……比方說我住的區叫作基納尼拉。我的城市叫布瓊布拉。我的國家叫蒲隆地。我妹妹、我媽媽、我爸爸、我的朋友，他們各自都有名字。那不是他們自己選的名字。那是人生下來以後自然就有的。有一天，我請我喜歡的人都叫我加比，不要再叫加布里爾，這是爲了代替那些從前替我選名字的人選名字。所以，是不是可以請妳叫我加比？我的眼睛是褐色的，所以我只用褐色看其他人。我媽媽、我爸爸、我妹妹、普羅泰、多納西恩、伊諾桑、我那些夥伴……他們都是牛奶咖啡色。每個人都透過他的眼睛顏色在看世界。就像妳的眼睛是綠色的，所以看在妳眼裡，我就是綠色的。我喜歡很多我不喜歡的東西。我喜歡糖放在冰裡面，可是不喜歡冷。我喜歡游泳池，可是不喜歡氯。我喜歡上學，因爲那裡同學好、氣氛好，可是我不喜歡上課。文法，動詞變化，減法，作文，處罰，那些東西又無聊又野蠻！以後等我長大，我打算當機械技師，這樣生活就永遠不會故障。東西壞掉的時候，應該要知道怎麼把它們修好。不過那些都是很久以後的事，現在我才十歲，時間過得很慢，尤其是下午的時間，因爲我下午都不必上課，還有星期天也過得很慢，因爲我在外婆家很無聊。兩個月前，我們全校的人都到操場的遮雨棚底下打了腦膜炎疫苗。如果得了腦膜炎，後果是很嚴重的，據說你會變得無法思考。所以校長對所有家長強調，說要我們接受疫苗施打，這很正常，腦膜炎是他的責任。今年我們蒲隆地要投票選總統。這是第一次舉行這種選舉。我不能投票，必須等我當上機械技師才可以。不過到時我會告訴妳誰選贏了。一言爲定！

多多聯絡。

親親

加比

PS：我會去查關於米的事。

譯註

1 路易・盧瓦嘉索爾（Prince Louis Rwagasore，一九三二—一九六一），蒲隆地貴族、政治家。他是蒲隆地國王姆瓦姆布察四世（Mwambutsa IV）的王太子，國民進步同盟（Uprona，見第一一六頁註2）創辦人之一，在該國國族意識發展史上扮演重要角色。他在一九六一年擔任總理，肩負蒲隆地脫離比利時獨立的重任，五星期後即遭暗殺，據信比利時為背後主謀。隔年蒲隆地正式獨立。

2 奇比托克（Cibitoke）是蒲隆地西北部的一個小市鎮，也是奇比托克省首府，緊鄰剛果民主共和國（時稱薩伊）邊界，北方距離盧安達也很近。

3 奧爾良（Orléans）是法國中部瀕臨羅亞爾河的重要城市，中央—羅亞爾河谷大區首府、盧瓦雷省省會。

4 旺德（Vendée）是羅亞爾河地區下轄的一個省份，位於羅亞爾河口以南的濱海平原地帶。

5 基納尼拉（Kinanira）街區，位於布瓊布拉的基寧多城區。

8

我一早就跟著伊諾桑和多納西恩上路。小卡車比平時開得快，因爲通常車子後面的平台上都會放一大堆袋裝水泥、鏟子和鋤頭。我們組成的三人隊伍非常奇特。這是我在車子開出布瓊[1]、通過第一個軍事檢查哨的時候想到的事。如果士兵要我們停車接受檢查，我們該跟他們說什麼？說我們趁著破曉時分，遠征到國家的另一端，去找一輛被人偷走的自行車？可想而知，我們一定會讓人起疑。車子是伊諾桑開的，他又在嚼那根從不離口的牙籤。他這個怪癖令我覺得噁心。布瓊布拉所有的土包子都染上這個習慣。像伊諾桑那種人，他們想裝陽剛擺酷，以爲自己是西部牛仔。想必是某天下午，某個無聊男子到卡密歐電影院看了某部克林·伊斯威特（Clint Eastwood）主演的電影以後，決定依樣畫葫蘆，結果彷彿點燃導火線，瞬間蔚爲風潮，席捲全城。在布瓊布拉，有兩種東西流傳得很快，一個是謠言，一個是潮流。

多納西恩坐得不舒服，他從一上車就不爽。他的位子在中間，那裡有排檔桿，害他的腿沒地方伸。於是他只好半側坐，左肩靠在伊諾桑的肩膀，腿往右邊斜放。我任性地吵著要坐進靠窗的座位，因爲這天在下雨，我很喜歡看水滴沿著窗玻璃賽跑，然後吹氣讓玻璃起霧，在上面畫畫。在穿越內地的長途旅行中，這樣很好打發時間。

車子開到奇比托克時，雨已經停了。多納西恩不肯讓車開上通往雙胞胎兄弟的外婆家那條小路，因爲路況太泥濘，車子很可能陷下去。他建議我們走路進去，可是伊諾桑不想把他那雙白色籃球鞋弄髒。於是我跟多納西恩下車往前走，讓伊諾桑自己留在小卡車上刮他的滿嘴爛牙。

在這些丘陵地帶，就算你以爲四下無人，其實還是有幾百雙眼睛在觀察你，而且你的動向透過迴盪在茅舍和盧哥屋*之間的人聲，一下就傳遍方圓好幾里。所以當我們抵達老太太家時，她已經端著兩杯酪奶，站在那裡等我們。多納西恩和我都不怎麼會說克倫地語，尤其是丘陵區這種複雜又充滿詩意的克倫地語。在這裡，我們沒法靠一些史瓦希里語和法語詞彙塡

*作者註：盧哥屋（rugo）是蒲隆地和盧安達的傳統民居。

補語言空白，糊弄打混過去。我從沒眞正學過克倫地語，在布瓊，所有人都會說法語。多納西恩是來自基伍的薩伊人，而基伍的薩伊人經常只說史瓦希里語和索邦[2]的標準法語。

這邊的語言溝通完全是另一回事。在蒲隆地內陸地區，我們沒辦法跟雙胞胎兄弟的外婆這樣的人交談，他們說的克倫地語有太多微妙之處，三不五時就會引用老祖宗的諺語和從石器時代流傳下來的成語。多納西恩和我沒有那種語言程度。其實老太太很努力想跟我們解釋我們可以到哪裡找那輛自行車的新主人。可是我們一個字也聽不懂，只好跟戈德福和巴塔薩（就是雙胞胎那兩個割人雞雞的表哥）走回車子找伊諾桑，請他擔任翻譯。兩個表哥答應幫我們帶路，他們跳進小卡車後頭，然後車子開回柏油路。在小鎭外兩公里的地方，我們沿著另一條小路來到一個村莊，在這裡找到一個叫馬提亞斯的人，上次雙胞胎就是看到他騎我的腳踏車。結果馬提亞斯已經把它轉賣給一個名叫史丹尼拉的傢伙，他住在基洪巴村。包括兩個表哥加上馬提亞斯在內，一行人又回到車上，然後我們找到史丹尼拉那老兄，但他已經又把腳踏車賣給庫力吉塔力村的養蜂人家了。我們再次上路，往庫力吉塔力行進，這回車上多坐了個史丹尼拉。養蜂人那邊又是同樣情形，我們只好也把他請上車，讓他指點我們到吉塔巴村找腳踏車新主人——一個名叫尙－伯斯科的傢伙——的住處。到了吉塔巴以後，我們被告知尙—伯斯科人在奇比托克。所以轉了一大圈，我們又回到奇比托克。可是，好不容易才找到尙—伯斯科，他卻告訴我們他剛把車賣給吉塔巴的一個農夫……

車子重新掉頭。只是來到奇比托克鎮上的主要大街時，警察把我們攔了下來，問我們九個人擠一部車是在做什麼。伊諾桑開始說明：自行車被偷、我們要找新的車主……這時已經是中午，好奇的民眾紛紛湧過來圍觀。轉眼間，車子周圍已經擠了幾百個人。

我們剛好面對著中央酒吧，這是全鎮最大的酒品飲料供應中心。鎮長和幾個地方要員正要吃完一批用熱普利姆斯啤酒泡過的山羊肉串。集結在我們周圍的群眾很快就吸引了他們的注意力。鎮長從他坐的板凳緩緩起身，打了個飽嗝，把褲子往上拉，把腰帶調整好，然後用他的大肚腩劈開人群，朝我們走來，模樣活像一隻疲憊的變色龍。他滿嘴油膩，鵝糞色襯衫上沾了不少肉汁。他的臉孔相當修長，可是他有個胖阿姨的大屁股，臀肉一路長到背部中間；他的便便大腹撐張飽實，好比即將臨盆的孕婦。這位鎮長的體態看起來眞像個葫蘆。

就在一大堆人吵吵鬧鬧的時候，我忽然在人群中認出卡利斯特的身影。卡利斯特，偷我腳踏車那傢伙……我都還沒出聲喊，他就拔腿開溜，速度快得好比綠色曼巴蛇。全鎮的人跑在後面追趕，像在追一隻雞準備殺來當午餐。在百般寂寥的外省地區，特別是在悶得令人發慌的中午，還有什麼比來點血光更好消磨時間！這種事我們都叫「群眾正義」，其實就是「私刑」，這樣叫有個好處，就是聽起來很文明。所幸卡利斯特命大，這天主持正義的終究不是老百姓。他們是把他抓起來了，不過警察迅速遏止「民主棒刑」發生。鎮長藉機搶功勞：他擺出賢明長老的姿態發表談話，試圖控制群情激憤的場面，並義正詞嚴地強調努力做誠實公民是何等重要。只可惜日正當中，酷暑難耐，他的激昂演說很快就後繼無力，說到一半就草草收場，坐回他的眞正本位，在那裡用啤酒安撫自己的神經。已經遭到一陣拳打腳踢的卡利斯特被押到地方監獄，多納西恩則火速向警方提告。

雖然卡利斯特鋃鐺入獄，但我那輛自行車的問題還是沒解決。我們決定繼續找到吉塔巴那個農夫。爲了去那裡，我們又得開上通往那位外婆家的小路。百般固執的伊諾桑不顧多納西恩的諄諄告誡，甘冒陷入泥濘的危險，堅持開車進去。在人稱吉塔巴這個小地方，我們看到一棟用香蕉葉蓋住屋頂的柴泥小屋。小屋位於山丘頂端，我們一時被周遭的風景吸引住。雨把天空洗得清透澄澈，魯西吉河的赭色水流穿越蔥鬱的遼闊平野，陽光灑落在潮濕地面，爲裊裊上升的霧靄勾勒婀娜多姿的粉紅形影。多納西恩沉浸在宗教式的靜肅心情中，凝賞這片動人景致，伊諾桑則絲毫不爲所動，只是忙著用片刻前還咬在嘴裡那根天殺的牙籤挖指甲底下的汙垢。天地之美與他無關，他唯一感興趣的是他身上的齷齪。

院子裡，一名婦女正跪坐在草蓆上磨高粱。在她身後，一名坐在板凳上的男子請我們進去。就是那個農夫。在我們家，每當有陌生人走進來，爸爸還沒打招呼，就會用惱怒的口吻吼一句：「有事嗎？」這裡的情況則完全相反，氣氛含蓄而有禮。我們不會覺得自己是陌生人。我們這群神色怪異的人不告而來，闖進他們這棟山頂小屋的院子，卻舒心地感覺我們好像是主人引頸翹盼的貴客。農夫還不知道我們造訪的原因，就請我們進他的院子坐。他剛從田裡回來，沒穿鞋，腳上有乾掉的泥巴，身上穿了一件縫補過的襯衫，還有一條往上捲到膝蓋的棉褲。在他背後，一支滿是泥土的鋤頭靠在小屋牆上放著。一名少女拿了三張椅子過來，婦人則一邊用兩顆石頭搗磨高粱，一邊對我們微笑。

我們才剛坐定，一個年紀跟我差不多的小男孩就騎著我那台腳踏車，出現在院子裡。我不假思索就從椅子上跳起來，衝到他那邊去抓住車子的把手。一家人跳了起來，他們不知道發生了什麼事，張皇失措地望向我們。小男孩則吃驚到完全沒反抗，就讓我把腳踏車搶過來。一時氣氛猶疑不安，非常尷尬，多納西恩搖了一下伊諾桑的肩膀，囑咐他用克倫地語說明我們到這裡的原因。伊諾桑打起超人精神，從本來已經坐得舒舒服服的椅子抽身站起來。他看起來很不想重複說那些稍早才跟警察解釋過的事，不過最後還是用單調的語氣把事情從頭到尾講了一遍。一家人安靜不語地聽他說話。小男孩漸漸明白情況，隨之變了臉色。伊諾桑說完時，換農夫開始解釋他的立場。他把頭往左傾，雙手手掌向空中開展，彷彿他在懇求我們饒他一命。他說他辛辛苦苦存了好久的錢，好不容易才能送這個禮物給他兒子，又說他們是卑微的老百姓、老實的基督徒。伊諾桑好像沒在聽他說話，他用他那根牙籤挑耳朵，然後興味盎然地端詳牙籤末端的汙垢。這家人驚慌的樣子令多納西恩感到不安，他不敢再說什麼。農夫繼續說話，伊諾桑走近我，抓住自行車，然後把它放到小卡車後面。他一臉惱怒，冷冷地告訴他們去找那個造成他們不幸的罪魁禍首，說他現在被關在奇比托克的監獄。他說他們只要向卡利斯特提告，就可以把錢拿回來。接著他打個手勢要我上車。多納西恩拖著腳步走到我們這邊。我看得出來他正在苦思如何找到好的解決辦法。上車坐到我旁邊時，他深吸了一口氣。

「加布里爾，發發慈悲吧，我們不要把腳踏車拿走。我們現在在做的事比偷東西更壞。我們這樣會讓一個小朋友心碎。」

「沒這回事。」伊諾桑回嘴。

「那我呢？」我懊惱地回道。「卡利斯特把我的腳踏車偷走的時候，我的心也碎了啊！」

「我當然知道，可是這輛腳踏車對這個小朋友比對你更重要。」多納西恩繼續說。「他們家很窮，他爸爸得工作得非常辛苦，才能送他這個禮物。假如我們把腳踏車載走，他永遠不會有別的腳踏車。」

伊諾桑狠狠地瞪了多納西恩一眼。

「你這是在幹嘛？你以爲你是羅賓漢嗎？因爲這家人沒錢，我們就該把不屬於他們的東西留給他們嗎？」

「伊諾桑，你和我都是在這種窮困的環境中長大的。我們知道他們永遠不可能把錢討回來，最後他們只會白白損失掉好幾年的積蓄，這樣太不公平了。這些情況你很清楚，老兄。」

「我不是你的老兄！還有我給你一個忠告：別再可憐這些人。在這種偏遠地方，他們一個比一個更會騙人，一個比一個更會偷搶。」

多納西恩重新轉頭面向我。「加布里爾，我們可以跟老闆說我們沒找到你的腳踏車，他會再買一台給你。這是我們的小秘密，上帝會原諒我們這麼做，因爲這是爲了行善。爲了幫助一個可憐的孩子。」

「你打算撒謊？」伊諾桑說。「我以爲你的偉大上帝會禁止這種行爲？放加布里爾一馬吧！不要害他有罪惡感。無論如何，那傢伙只是個鄉下農夫，還有那個小鬼，他要極限單車幹嘛？走吧！」

我不想回頭，也不想往後視鏡裡頭看。我們的任務已經達成，把我的腳踏車找回來了。其他的事跟我們無關，就像伊諾桑說的。

幾分鐘後，跟多納西恩預料的一樣，我們的車陷進泥濘裡。這時多納西恩朗誦了一段聖經，內容是關於時代艱困、人心自私、末日將至等，然後他低聲說了許許多多令我害怕的事。他暗示說，是上帝故意處罰我們，因爲我們行爲不檢點。整個回程的路上，我一直假裝睡覺，以免接觸到他的目光。儘管我已經爲我們做的事找到正當理由，但內心仍舊感到越來越羞恥。回到家以後，我向伊諾桑和多納西恩宣布：爲了彌補我的行爲，我永遠不會再碰這台自行車。伊諾桑不可置信地看著我，然後氣急敗壞地說：「被寵壞的小孩。」說完，他就到販賣亭買了一包新牙籤。多納西恩把身體靠向我，方方的大頭距離我的臉只有幾公分。他的呼吸透出嗆人的氣味，應該是因爲他肚子空空，胃酸太多。他的眼睛充滿一種冷峻的怒意，狠狠地穿透到我的靈魂深處。

「小鬼，傷害已經造成了。」他慢條斯理、鏗鏘有力地說。

譯註

1 布瓊（Buja）是許多人對布瓊布拉的暱稱。

2 索邦（Sorbonne）原指法國神學家羅貝爾・德・索邦（Robert de Sorbon）於十三世紀中葉在巴黎左岸核心地區興建的一所神學院。隨著學術發展，巴黎多所高等院校的文理學科進駐這個院址，使這裡成為法國最高學術殿堂的象徵。巴黎學區總管理處於一八二一年設立於此。

9

在布瓊布拉，外婆住的是一棟外牆粗塗綠色灰泥的小房子，位於非洲社區建設局開發的恩加加拉二號街區[1]。她跟她媽媽（也就是我的外曾祖母蘿莎莉）和她兒子（我舅舅帕西斐克，聖艾貝爾高中三年級）一起住。帕西斐克是個超級大帥哥，附近的女生各個都在倒追他。不過他只喜歡看漫畫、彈吉他和唱歌。他的聲音沒有媽咪的那麼好聽，不過他的詮釋功力令人刮目相看。他很喜歡收音機不斷播放的那些浪漫型法國歌手，他們的歌描繪的不外乎愛情、憂愁，不然就是愛情裡的憂愁。那些歌從他口裡唱出來的時候，彷彿都變成了他自己的歌。他會閉上眼睛，露出洋溢情感的表情，甚至哭泣流淚，然後全家人都會安靜下來，就連一句法文都聽不懂的老蘿莎莉也不例外。大家動也不動地聽他唱歌，頂多是耳朵偶爾顫動一下，就像漂游在港灣裡的那些河馬。

外婆那個社區的居民大部分是盧安達人，他們離開盧安達是爲了躲避兇殺、屠殺、戰爭、迫害、清算、破壞、火災、傳染疾病的采采蠅、搶劫、種族隔離、強姦、謀殺、報仇，還有其他各種可怕的事。就像媽咪和她的家人，他們逃離了那些問題，不過來到蒲隆地以後，他們遇到了新的問題——貧窮、排擠、限額、仇外、摒棄、當代罪羔羊、抑鬱、懷鄉、想家。都是屬於難民的問題。

我八歲那年，戰爭在盧安達爆發。那時我剛開始上小學三年級。我們在法國國際廣播電台上聽到叛軍突襲盧安達的新聞。叛軍的全名是「盧安達愛國陣線」，它的成員主要是來自周邊國家（烏干達、蒲隆地、薩伊……）的盧安達難民後代，也就是跟媽咪和帕西斐克同一個世代的人。媽咪聽到這個消息以後忍不住唱歌跳舞。我從沒見過她那麼高興。

她的快樂爲時不久。短短幾天後，我們就接到阿爾豐斯陣亡的消息。阿爾豐斯是媽咪的另一個兄弟，他們家的老大，外婆的驕傲——出類拔萃的人才，擁有歐美頂尖大學學位的理化工程師。他教我數學，啓發我當機械技師的念頭。爸爸很喜歡他，他說：「只要有十個阿爾豐斯，蒲隆地轉眼就能變成新加坡。」阿爾豐斯在班上成績是第一名，可是樣子卻像吊兒郎當的壞學生。他老是喜歡搞笑、起鬨、搔我們的胳肢窩，還有親媽咪的脖子，故意作弄她。

他笑的時候，歡樂氣氛彷彿爲外婆家小客廳的牆壁塗上新漆。

他加入愛國陣線時沒通知任何人，也沒留下隻字片語。愛國陣線的人不把他的學位看在眼裡，對他們來說，他就只是個士兵，跟其他人沒兩樣。他以勇士姿態死在那裡，爲了一個他不認識、也從沒去過的國家。他死在那裡，倒在爛泥中，在木薯田中的光榮戰場，跟那些不會讀書寫字也不會算術的人死在一起。

阿爾豐斯喝太多的時候，會染上流亡難民第二代特有的那種憂鬱情緒。有一天，他彷彿有某種預感，說起了自己的葬禮。他說他希望葬禮像個熱鬧的慶典，有小丑和特技演員，有像中央市場賣的那種顏色鮮豔的纏腰布[2]，有吐火表演、拜日祈禱，但絕不能有沉重的安魂曲、〈西面頌〉[3]和一堆愁雲慘霧的臉。阿爾豐斯舅舅出殯那天，帕西斐克拿起他的吉他，爲他唱出他最喜歡的那首歌，歌詞描述一位老兵譴責戰爭的荒謬。那首歌是阿爾豐斯的寫照——逗趣的表象下有著哀傷的內裡。不過帕西斐克沒能把歌唱完，他唱到一半就倒嗓了。

現在換帕西斐克舅舅決定去打仗。他跟外婆說了這件事。所以這個星期天早上，做完彌撒回來以後，我們才剛坐下來準備吃飯，媽咪就提起這個話題。

「帕西斐克，我們很擔心你。基孟宜老師打過電話給外婆。你現在都沒去聖艾貝爾高中上課嗎？」

「我這個年級的盧安達學生都上戰場了，我也準備要去，大姊！」

「你應該等一等。和平協議會有結果的。十天前我到基加利的歐賽碧姨媽家，他們說他們覺得充滿希望，認爲那些事都能透過政治管道獲得解決。請你一定要有耐心！」

「我對那些極端分子一點信心也沒有。盧安達政府對國際社會招搖撞騙，可是在國內卻繼續武裝民兵，透過媒體煽動暴力，進行屠殺和針對性的暗殺活動。政客發表仇恨言論，呼籲民眾獵殺我們，把我們丟進尼亞巴隆戈（Nyabarongo）河。我們也有必要組織起來。我們應該準備好，如果和平協議失敗就要戰鬥。這一切關係著我們這個族群的生存，大姊。」

長輩們都沒答腔。媽咪閉著眼睛，用手推揉太陽穴。鄰家的收音機正在播放聖歌。我們聽著叉子敲在餐盤上發出的響聲。一陣微風吹動窗簾。炎熱天氣爲帕西斐克完美無瑕的肌膚罩上薄薄一層汗水。他正在咀嚼一塊牛肉，臉部肌肉因此收縮扭曲。我可以感覺到一件大家沒提的事縈繞在餐桌周遭，跟安娜正從番茄醬裡掏出來的蒼蠅一樣意象鮮明：阿爾豐斯的死。

吃完午飯以後，外婆下令所有人去休息。跟平常一樣，我在帕西斐克的房間睡午覺。那是媽咪少女時代住的房間，房間沒有窗戶，只有兩張野戰床，分別安放在小房間兩側。在一條裸露的電線末端，一顆漆成紅色的燈泡把陰森慘澹的光線投射在貼滿海報的綠色牆壁上。帕西斐克直接睡在床座的板條架上，他說這樣做是爲了讓自己習慣前線艱苦的生活條件。他一大早就會起來，跟一小群盧安達青年一起在湖邊鍛鍊。他們沿著湖岸沙灘跑步。有些日子裡，他一整天只吃一把豌豆，藉此讓自己感受飢餓與匱乏的滋味。

我躺在床上，想起前一天腳踏車被我拿回來的那個男孩，以及多納西恩給我的道德教訓——關於上帝的作爲、自我奉獻、犧牲，還有其他種種令人萌生莫大罪惡感的事……從昨天開始，我覺得自己自私而虛榮，對這件事感到分外羞恥。我一股腦地要拿回原來屬於我的東西，結果卻從被害者變成了加害者。我需要找人說話，設法驅除這些鬱悶想法。我低聲說：

「帕西斐克，你在睡覺嗎？」

「嗯……」

「你相信上帝嗎？」

「什麼？」

「你相信上帝嗎？」

「不相信，我是個共產主義者。我相信人民。別再吵我了！」
「你的床上面那個月曆裡的人是誰？」
「福瑞德・盧威格馬[4]，盧安達愛國陣線的頭頭。他是個英雄。我們是因爲他而參戰。他讓我們重新擁有驕傲。」
「所以你會跟他一起打仗？」
「他死了。攻擊行動開始的時候就死了。」
「啊……被誰殺死的？」
「你問太多問題了，小夥子。睡覺！」

帕西斐克轉身面向牆壁，引發一陣金屬吱嘎作響的聲音。我從來不曾在午睡時間睡覺，而且一直不懂這種活動有什麼意思。我只要在晚上睡覺就能恢復體力。所以午休的時候，我只好耐心等待時間過去。如果房子裡還聽不到大人走動的聲音，我就不准起來。我仔細監聽一切聲響動靜，期盼那個訊號早點出現，讓我可以離開床墊。有時我得耗上兩個小時。房間門沒全關，門外就是明亮的客廳，所以有點光線透進臥房。我端詳牆上的海報，其實都只是些從雜誌上撕下來、用膠水簡單貼上去的頁面。媽咪年輕時迷的明星與帕西斐克喜歡的藝人交織在一起。法蘭絲・嘉爾[5]的身影出現在麥可・傑克森[6]、尚皮耶・帕潘[7]之間；在一張教宗若望・保祿二世[8]訪問蒲隆地的照片上，他的腳踩在蒂娜・透納[9]的美腿和吉米・罕醉克斯[10]的吉他上頭；一幅肯亞的牙膏廣告半蓋住一幅詹姆士・狄恩[11]的海報。爲了打發時間，有時我也會把帕西斐克的漫畫書從床底下撿起來整理：《薛亞蘭奇遇記》[12]、《斯皮魯漫畫誌》[13]、《丁丁》[14]、《拉漢》[15]……

房子裡開始有人走動時，我立刻從床上跳下來，跑到外曾祖母蘿莎莉身邊。每天下午，她都要進行相同的儀式：她會坐在後院的草蓆上，打開她的植物象牙菸盒，取幾撮菸草塞進她的木質菸斗，用火柴擦火點菸，然後閉上雙眼，小口小口地將新鮮菸草的最初幾抹香氣吸進體內。接著再從一個塑膠袋裡拿出瓊麻纖維或香蕉葉，製作杯墊和錐形籃子。她把這些手工藝品拿到城裡賣，賺點錢貼補家用，因爲他們一家人的經濟來源只有外婆當護士的薪水和媽咪偶爾送他們的錢。

蘿莎莉老奶奶把她的灰白色鬈曲短髮往上梳，看起來像戴了一頂無邊高帽。這讓她的頭部呈現橢圓形狀，跟支撐頭部的纖細脖子顯得不成比例，彷彿一根細竿上頂了一顆橄欖球。蘿莎莉快一百歲了。有時候她會說起某個國王的生平，那位國王先後起來反抗德國和比利時的殖民勢力，後來被迫流亡國外，因爲他拒絕皈依基督教。那種跟君王統治和白人神父有關的無聊事完全引不起我的興趣。我會打哈欠，然後帕西斐克會生氣地責備我缺乏好奇心。媽咪則會回嘴說她的孩子是小法國人，他們不該拿盧安達人的故事煩我們。帕西斐克願意花上好幾個小時聽老婆婆跟他講述從前的盧安達，那些驍勇戰功，詩情畫意的鄉村，優美的頌詩，華麗的戰士舞[16]，還有宗族系譜，道德觀念……

外婆責怪媽咪不跟我們說「親亞盧安達」（kinyarwanda，盧安達話），她說這種語言才能讓我們在流亡生活中保有自己的認同，否則我們永遠不可能變成貨眞價實的「班亞盧安達」（Banyarwanda，盧安達人）。媽咪不把這種論調看在眼裡，對她來說，我們是白種小孩，儘管略帶焦糖膚色，但仍舊是白人。偶爾我們會說幾句盧安達話，不過她立刻就會揶揄我們的口音。在此我倒可以補充說明，其實我對盧安達一點感覺也沒有，我完全不在乎那些王公貴族，還有那裡的牲畜、山崗、沙丘、牛奶、蜂蜜和難喝的蜂蜜水。

下午即將結束。蘿莎莉繼續訴說她那個時代的故事，那些關於一個被她理想化的盧安達的陳舊回憶。她反覆說她不想像穆辛加國王[17]那樣客死異鄉。她說落葉歸根、死在祖先的土地上，是很重要的事。她的聲調輕柔而緩慢，帶有西塔琴師那種音韻起伏，彷彿一陣幽然囈語。

白內障的毛病令她的眼睛呈現藍色，而似乎總有幾滴淚水準備從她的一面臉頰上踉蹌跌落。

帕西斐克有如暢飲佳釀般地聆聽這些前一天才說過的話語。他不斷擺頭晃腦，整個人蕩漾在他外婆的懷舊情緒中。他把身體挪近她，握住她瘦削扁平的小手，輕聲對她說迫害即將結束，他們很快就能返回故鄉，又說蒲隆地不是他們的國家，他們並不是永遠都得當難民。就這樣，老祖母緊緊揪住她的過去、她已經失去的故土，年輕人則向他吹噓他的未來，一個不分男女老少、所有盧安達人共享的全新現代國家。只不過他們兩個說的其實是同一件事：返回斯土。她已經屬於歷史，他則要打造歷史。

一陣熱風將我們包圍住，剎那間在我們四周纏捲，然後夾帶珍貴許諾，倏地又吹向遠方。蒼空中，微弱星辰初綻。星星凝視著外婆在凡間的小院落，在這個屬於流亡者的一角，我的家人們互相傾訴心中的夢想和希冀，而那一切，似乎都是人生強加在他們身上的包袱。

譯註

1 比利時殖民時期，於一九二〇年代後期開始於布瓊布拉開發以區隔種族為宗旨的所謂「非洲社區」。原有史瓦希里語族區的非洲裔居民陸續被遷離到布延吉、卡彭多（Kabondo）等社區，史瓦希里城區因而只剩亞洲裔居民，自此一直被稱為「亞洲人區」。一九四〇年代初期開發的布延吉區和比利時A區（後改稱布維薩）號稱「非慣常社區」，用意是安置「進步型非洲人」。一九五〇年代，非洲社區建設局（Office des Cités Africaines，簡稱ＯＣＡＦ）開發了恩加加拉（Ngagara）、基納瑪（Kinama）和卡蒙戈等新城區，主要作為神職人員的居住地，因此這些社區被視為蒲隆地最早的知識菁英集中地。

2 纏腰布是一種方形織品（可以是紡織品或更傳統的植物纖維編織），以纏繞方式繫於腰間，形成類似筒裙的服裝。這種服裝流行於非洲和亞洲許多地區，在馬來地區稱為紗籠（sarong）。

3 《路加福音》有四首頌歌，包括第一章馬利亞的〈尊主頌〉、〈撒迦利亞頌歌〉及第二章天使的〈榮耀頌〉和〈西面頌〉。根據路加福音對耶穌誕生所做的記載，耶路撒冷有一個公義虔誠之人，名叫西面。他得到聖靈啟示，知道自己未死之前將看見主所立的基督。西面進入聖殿，正好遇見耶穌的父母抱嬰孩進來獻給上帝，西面用手接過嬰孩，然後稱頌神：「主啊！如今可以照你的話，讓僕人安然離世；因為我的眼睛已經看見你的恩典。」〈西面頌〉的拉丁文標題 Nunc Dimittis 意即「現在讓我離世」。

4 福瑞德・盧威格馬（Fred Rwigema，一九五七－一九九〇），盧安達愛國陣線創始成員、指揮官。一九九〇年十月率部進行第一次對抗哈比亞利馬納總統的戰役時，第二天即遭槍擊遇難。

5 法蘭絲・嘉爾（France Gall，一九四七－二〇一八），法國歌手。一九六五年獲歐洲電視歌唱大賽（Eurovision）冠軍，此後在歐陸多國走紅。

6 麥可・傑克森（Michael Jackson，一九五八－二〇〇九），是美國著名歌手、歌曲創作者、唱片製作人、舞者及演員，縱橫樂壇超過四十年，是二十世紀流行文化代表人物之一，被尊為「流行樂之王」。

7 尚皮耶・帕潘（Jean-Pierre Papin）是一九六三年出生的前法國足球運動員，二〇〇四年獲國際足球總會評選為史上百大球員之一。

8 若望・保祿二世（【法】Jean-Paul II，【拉】Ioannes Paulus II，一九二〇—二〇〇五），是第二百六十四任天主教教宗，原籍波蘭，本名卡羅爾・若瑟・沃伊蒂瓦（Karol Józef Wojtyła）。一九七八年獲選為教宗。他是一五二二年亞德六世離世後第一位非義大利人出身的教宗，在位時間則是史上第二長，僅次於庇護九世。以作風開明著稱，被稱為「不一樣的教宗」，他反對共產主義，致力修正或改善與包括東正教、猶太教在內各宗教間的關係，但也因反對墮胎、同性婚姻等議題而飽受詬病。擔任教宗後曾進行超過一百次國際訪問，是歷史上出行最多的教宗，超過歷任教宗總和。逝世後被尊為「大教宗若望・保祿二世」，是史上第四位、十二世紀以後首位被冠上「大教宗」頭銜的教宗。教宗方濟各於二〇一四年將其封聖。

9 蒂娜・透娜（Tina Turner）是一九三九年出生的美國歌手、演員，現籍瑞士。演藝生涯超過五十年，對搖滾音樂貢獻良多，獲獎無數，被稱為「搖滾女王」。歷年全球唱片銷量超過兩億張，演唱會售出門票總數在獨唱藝人中名列史上第一。

10 吉米・罕醉克斯（Jimi Hendrix，一九四二—一九七〇），美國吉他手、歌手、音樂人，主要音樂生涯只持續四年，但被廣泛視為流行音樂界最重要的電吉他演奏者，美國搖滾名人堂（Rock and Roll Hall of Fame）將他形容為搖滾音樂史上最偉大的器樂演奏家。

11 詹姆士・狄恩（James Dean，一九三一—一九五五），是著名美國影星。他英年早逝，一生只主演過三部電影，但叛逆浪漫形象深植人心，被公認為二十世紀最偉大的演員之一。

12《薛亞蘭奇遇記》是一個漫畫系列，一九七一年開始在比利時《晚報》（*Le Soir*）刊登，一九七七至八五年改由《丁丁漫畫周刊》（*Journal de Tintin*）刊登，講述賽車手薛亞蘭（Alain Chevallier）的冒險故事。

13《斯皮魯漫畫誌》（*Journal de Spirou*）是比利時的一個法語漫畫周刊，一九三八年創刊，於一九五〇年代發展到高峰，與《丁丁》互別苗頭。

14《丁丁》全名《丁丁歷險記》（*Les Aventures de Tintin et Milou*），是比利時漫畫家喬治．赫米（Georges Remi）以艾爾吉（Hergé）為筆名創作的漫畫系列，從一九二九年到一九八三年作者辭世為止，共出版二十四集。故事靈感是丹麥作家、演員帕勒．胡爾德（Palle Huld）在十五歲時以四十四天環遊世界的經歷。主人翁是少年記者丁丁和他的寵物小狗米路，情節結合冒險與科幻，在幽默中宣揚反戰、和平和人道主義思想。這個系列是二十世紀最受歡迎的歐洲漫畫之一，至今已有超過七十個語言的版本，總銷量超過兩億五千萬份。

15《拉漢》（*Rahan*）是一個法國漫畫系列，一九六九年首度推出，故事主人翁拉漢是一個史前時代的聰明人物。

16戰士舞（Intore）是盧安達舞蹈藝術的重要元素，由頭戴草製假髮、手持長矛的男舞者演出，在各種慶典活動及婚宴之類的場合都可以見到。這種舞蹈源自從前出征勝利的勇士回到家鄉時跳的慶功舞。

17尤希．穆辛加（Yuhi Musinga，一八八三－一九四四），即盧安達國王尤希五世。一八九六年登基後，他為了強化權力，與德國政府合作。一九三一年因為無法有效管理地方首領，且拒絕受洗為羅馬天主教徒，遭比利時殖民政府罷黜，由長子穆塔拉三世（Mutara III）繼任。穆辛加後來流亡到剛果，並在那裡辭世。前文蘿莎莉老奶奶提到的便是這位國王。

10

起初那是吉諾的點子。他要大夥幫我們這群死黨取個名字。我們想了很久。我們想到「三劍客」，不過我們有五個人。雙胞胎兄弟提議的都是些俗不可耐的名字，像是「五指幫」或「全球最佳麻吉」。吉諾想出一個美國式的名字——基城少年。那時正當校園美國熱，所有人隨時隨地都把「酷」這個字眼掛在嘴邊，走路左搖右晃，在頭髮上畫圖案，穿寬大的衣服打籃球。不過吉諾會有這個點子，主要是因爲我們每星期六在《超越好聲音》這個電視節目裡看到的美國樂團「少年壯漢拍檔」[1]。我們覺得這樣很棒，因爲這個男團的其中一名成員來自蒲隆地，所以我們等於是在向他們致意。其實我們不是很確定這件事，不過布瓊布拉有個家喻戶曉的傳言說，「少年壯漢拍檔」裡頭那個瘦瘦的高個兒是布維薩或尼亞卡畢加[2]的人，儘管沒有任何記者證實過這個消息。吉諾想取「基城少年」這個幫名，也是爲了展現我們的街頭新霸主地位，藉此顯示這一區是我們管的地盤，沒有其他人能在基納尼拉呼風喚雨。

這條巷子也是我們最熟悉的地段，我們五個人都住在這裡。雙胞胎住在我家對面，巷口左側第一棟房子。他們是混血兒，爸爸是法國人，媽媽是蒲隆地人。他們的父母經營一間錄影帶出租店，主要是一些美國喜劇片和印度愛情片。每當下午下起滂沱大雨時，我們會窩在他們家的電視前面消磨時間。有時我們會偷偷摸摸地看成人色情片，但我們不怎麼喜歡，只有艾爾芒愛看，他會盯著螢幕，眼球幾乎要迸出來，同時像狗在自己腿上磨蹭那樣，把身子靠在一個枕頭上摩擦。

艾爾芒住在巷子盡頭那棟用白色磚頭砌成的房子。他的父母都是蒲隆地人，所以他是我們這群死黨中唯一的黑人。他爸爸身材魁梧，彎彎的鬢角長得跟嘴上的小鬍子碰在一塊，把他的眼睛和鼻子圍了起來。他是一名常被派遣到阿拉伯國家的蒲隆地外交官，跟許多國家元首有私交。艾爾芒在他的床頭上方釘了一張他嬰兒時候的照片，他穿著短袖連衫短褲裝，被格達費上校[3]抱在腿上。由於他爸爸經常出差，艾爾芒大部分時候是跟媽媽和姊姊們生活，她們都是些過度虔誠的教徒，脾氣乖戾，我從沒見過她們笑。他們家的人又拘泥又嚴謹，不過他不顧一切決定唱唱跳跳，扮演人生的小丑。他很怕爸爸，他爸爸每次出差回來，都會竭力施展他對小孩的權威。沒有親熱的摟抱，沒有溫柔的話語。從來沒有！只是揮手打了幾記耳光，然後又忙不迭地搭飛機趕往的黎波里[4]或迦太基[5]。結果艾爾芒有了兩種人格：在家是一個人，到了街頭又是另一個人。一邊是正面，一邊是反面。

第五個成員是吉諾。他是這群死黨裡頭年紀最大的，比其他人至少大一年又九個月。爲了能跟我們同班，他故意讓自己留級。至少他是用這種說法解釋自己被當的原因。他跟他爸爸一起住在巷子中段那扇紅色大門後方的殖民風格老房子裡。他爸爸是比利時人，在布瓊布拉大學擔任政治學教授。他媽媽跟我媽媽一樣是盧安達人，不過我們從沒見過她。有時他說她在基加利工作，有時又說她在歐洲。

我們這群夥伴花很多時間吵架，不過無庸置疑，我們跟兄弟一樣相親相愛。每天下午吃完午飯，我們全體五個人會溜到我們的秘密總部——空地中央那輛廢棄的福斯廂型車。大夥在車子裡談天說地，嬉笑怒罵，偷偷抽 Supermatch 牌香菸，聽吉諾那些不可思議的故事和雙胞胎的笑話，艾爾芒會向我們展示他的一些絕技，比方說把眼瞼翻過來讓大家看那裡面的樣子，用舌頭舔鼻頭，把拇指往後扳到碰到手臂，用門牙打開酒瓶蓋，或大嚼霹靂椒[6]，然後眼睛沒眨一下就把它吞下去。在福斯廂型車裡，我們一起立定計畫，決定蹺課或遊蕩的方案。

我們不斷做夢，急切地幻想人生將爲我們帶來的喜樂與冒險。總括來說，在巷子那片空地的破車裡，我們過得很平靜也很快樂。

這天下午，我們在社區裡閒晃，準備採芒果。我們的做法不是用石頭把芒果打下來，因爲有一次艾爾芒把石頭丟得太遠，結果害他爸爸那輛賓士車的車身受損，從此我們就放棄了丟石頭這種技術。他老爸狠狠地把他修理了一頓。隨著皮帶的抽打聲，他的叫喊從巷子底一路迴盪到外面的魯蒙格路[7]。經過那次教訓以後，我們決定製作長竿，並用舊的內胎把鐵絲鉤固定在竿子末梢。這些竿子長度超過六公尺，可以讓我們鉤下平常最難摘到的那些芒果。

我們模樣古怪，惹來幾個在柏油路上開車經過的人惡言叫罵。我們光著腳，打赤膊，抓著長竿在地面刮，T恤成了裝芒果的布囊，看起來的確像一群神經病。

一位優雅的女士——可能是艾爾芒父母的朋友——從我們前面經過。她認出艾爾芒，看到他光著肚皮、滿腳塵土的樣子，不禁翻起白眼，比了個十字架手勢說：「老天爺！快把衣服穿起來吧，好孩子。你看起來活像街上那些小流氓。」他們那些大人有時眞的太好笑了。

回到我們巷子，馮戈曾家院子裡那些飽滿結實的大芒果立刻吸引住我們。我們從路面用長竿成功鉤下幾顆芒果，不過看起來最可口的芒果太遠了，必須翻上圍牆才行，可是我們很怕碰上馮戈曾先生。他是個有點精神失常的德國老人，喜歡收集弩弓。他坐過兩次牢，第一次是因爲他不滿他們家園丁膽敢要求加薪，於是在他吃的餐點裡尿尿；第二次則是因爲他不高興他的僕人把酒炙香蕉燒焦，結果居然把他關進冰庫。他的妻子行事比較低調，不過種族歧視心態比他更強。她每天都到艾美酒店[8]的高爾夫球場打球，同時擔任布瓊布拉馬術協會會長，她大部分時間都待在協會照顧她的馬，是一匹毛色漆黑油亮的純種駿馬。他們的房子是整條巷子裡最華麗的一棟，只有這棟房子有兩層樓，而且還設有泳池，不過我們還是決定敬而遠之。

從那裡對過去，在雙胞胎家後面，是艾柯諾摩普羅斯夫人的房子。艾柯諾摩普羅斯夫人是位上了年紀的希臘女士，她沒有小孩，不過養了大約十條臘腸狗。我們從籬笆底下的一個洞爬進她家，那個洞是社區裡的狗狗在母臘腸狗發情時挖的，爲的是在夜裡溜進去找她們玩。蔭涼的院子裡不只種了一棵大芒果樹，還有數不清的花朵，和一些結滿葡萄的葡萄樹，全國恐怕只有這裡有這種植物。

艾爾芒和我忙著偷摘葡萄，吉諾和雙胞胎則用長竿鉤芒果，這時希臘女士家的傭人在頭頂揮著一把掃帚，氣沖沖地駕到。他把臘腸狗的圍籬打開，讓牠們追趕我們。我們重新從籬笆下匍匐爬出來，用最快的速度逃跑。一陣匆忙中，艾爾芒的短褲被有刺鐵絲網扯破了，他的屁股溝暴露在外，讓我們足足笑了一刻鐘。然後我們在艾柯諾摩普羅斯夫人的大門前守候。我們知道她每天都在同一時間從市中心回家，而且她會很高興看到我們。

她開著紅色小拉達車[9]出現時，我們衝到車門外，向她兜售我們的芒果。或者該說她的芒果……她買了十來顆以後，她的傭人才把大門打開，我們則把一千法郎[10]大鈔放進口袋，逃之夭夭。他把掃帚往身外甩去，用克倫地語飆罵我們，不過我們早已跑遠了。

我們帶著剩下來的收穫，回到福斯廂型車上大啖芒果。真是一場瘋狂盛宴。芒果汁沿著我們的下巴、臉頰、手臂、衣服和雙腳滴流。滑溜溜的果核被我們吸吮，連上面的毛都啃得乾淨整潔。果皮內側被我們貪婪的口齒刮得清潔溜溜。果肉的纖維塞在我們的牙縫中。

香濃的果汁和甜美的果肉令我們陶醉不已。飽餐一頓後，我們氣喘吁吁，挺著圓滾的肚子，五個人都把頭往後靠，躺進廂型車內布滿灰塵的老舊座椅深處。我們的手黏膩骯髒，指甲裡塞滿汙垢，不由自主地大笑，內心甜蜜如鮮果。芒果採收工人就這樣休息著。

「你們想不想到穆哈河玩水？」艾爾芒忽然說。

「沒興趣，我比較想去水上俱樂部釣魚！」吉諾說。

「爲什麼不去國際學校的球場踢足球？」雙胞胎回嘴道。

「那又何不去瑞士小子家玩雅達利[11]？」我說。

「得了吧，他是個混蛋！玩一局小精靈[12]要收五百塊！」

最後我們光腳踏進穆哈河，一路往下走到水上俱樂部。那是場名副其實的探險。在路上，我們經過一處小瀑布，雙胞胎差點被水沖走。由於正逢雨季，水流非常強勁。在水上俱樂部前面，我們用竹子的莖桿自行製作釣魚竿，然後買了蛆蟲和麵粉當魚餌。賣魚餌的小販是個來自亞洲人街區的阿曼人[13]，他總是在沙灘上流連，大家把他叫作「忍者」，因爲他會不斷比畫空手道動作，並出聲叫喊，彷彿他在跟成千上萬的隱形敵人交戰。大人們說他成天打拳踢腿，簡直瘋了。我們這些小孩倒挺喜歡他，我們覺得比起那些大人做的許多事情，像是舉辦閱兵典禮、在腋下噴芳香劑、大熱天打領帶、一整晚坐在黑漆漆的地方喝啤酒、聽些沒完沒了的薩伊倫巴歌曲等等，他的行爲眞的比較正常。

我們坐在水上俱樂部附設餐廳前面的河岸上，距離一群正在水中翻雲覆雨的河馬只有幾公尺。風吹得很猛，在河面掀起浪頭，浪花朝岩石打去，像在岩石底部灑了一堆肥皀泡。吉諾起身往水裡撒尿，他想號召大家比賽，看誰把尿噴得最遠，不過沒人想加入。雙胞胎被切掉包皮以後還沒完全康復，艾爾芒對於這個身體部位向來比較含蓄，我則因爲其他人沒跟進，所以也壯不起膽子。

「你們這些膽小鬼，一群蹩腳鴨，一堆爛羊肉！」

「操你的，吉諾，你儘管把尿噴到薩伊吧，莫布杜會派總統特別衛隊來把你閹了。」

「我要閹的是法蘭西斯，只要我再看到他闖進我們的地盤，」吉諾一邊說，一邊繼續奮力把尿往遠處噴。

「終於！你好久沒提他了，我們差點以爲你在暗戀他呢。」

「基納尼拉是我們的地盤！我要把那個包皮養的孬種好好修理一頓！」他張開雙臂，迎風大聲嚷道。

「不必逞兇了，你不會動他一根寒毛的。你只是一條裝模作樣的假鱷魚！」

法蘭西斯是個「長輩」，年紀大約十三、四歲。他是吉諾和我們死黨的頭號敵人，只不過他比我們五個人聯合起來還強悍。其實他長得不壯，看起來反而像一根鐵絲，跟死木頭一樣乾癟癟的。但他的樣子卻顯得所向無敵。他的手臂和雙腿像是布滿傷疤和灼燒痕跡的藤蔓。

在某些身體部位，他的皮膚底下彷彿裝有鐵板，使他完全沒有痛覺。有一天，他把艾爾芒和我揪住，向我們勒索剛從販賣亭買來的 Jojo 牌口香糖。我猛力往他的脛骨踢了下去，設法擺脫他，結果他連眼睛都沒眨。我簡直嚇呆了。

法蘭西斯跟一位老伯父一起住在穆哈橋頭，距離我們巷子只有一條街半，他們的房子長滿青苔，看起來陰森森。他們家院子後面就是水色褐黃的泥濘河川，遠看像一條巨大的岩蟒。我們從他家前面經過時，會躲在水溝裡走。他很討厭我們，說我們是有錢人家的小鬼，有爸比媽咪疼愛，每天下午有美味點心吃。這種話讓吉諾聽了一肚子火，因為他的夢想是被人捧為布瓊布拉最大的壞蛋。法蘭西斯說他以前當過「馬夷波波」（mayibobo，街頭小混混），跟恩加加拉和布維薩的幫派（也就是我們口中所稱的「不敗幫」和「永勝幫」）都很熟。那陣子報紙正在報導這些幫派的消息，因為他們會向老百姓勒索。

我不敢跟其他人說我很怕法蘭西斯。我不大喜歡吉諾老是強調要靠打架鬥毆來保護我們巷子，因為我看得出夥伴們越來越被他的話鼓動。我自己多少也受到影響，不過我還是比較喜歡大夥用香蕉樹的樹幹造船到穆哈河上航行，用望遠鏡觀察國際學校後面玉米田中的鳥兒，或在社區的大橡膠樹上蓋小木屋、過起印地安人或西部牛仔那種高潮迭起的生活。我們對巷子的每個角落都很熟悉，我們想要一輩子留在那裡，五個人永遠在一起。

無論我怎麼努力想，也記不得我們是打什麼時候開始有了不同的思考方式，開始認爲從此以後，一邊是「我們」，另一邊則是像法蘭西斯那樣的壞人。我不斷翻攪我的記憶，但就是無法清楚想起我們是在哪一刻決定不再知足常樂，不再信任別人，開始把其他人看成危險，在我們與外界之間劃定界線，讓我們的社區成爲一座壁壘，讓我們的巷子成爲一塊圈地。

至今我還搞不清，夥伴們和我是打什麼時候開始害怕的。

譯註

1少年壯漢拍檔（Boyz II Men）常譯為「大人小孩雙拍檔」，是一個來自美國費城的演唱團體，一九八五年成軍。這個男子組合是史上最成功的節奏藍調演唱團體，唱片總銷量超過六千萬張，曾在一九九五年一舉拿下三座葛萊美獎。在《告示牌》（*Billboard*）單曲榜上的冠軍週數總計達五十週，僅次於貓王艾維斯・普里斯萊（Elvis Presley）、披頭四（The Beatles）和瑪麗亞・凱莉（Mariah Carey），並有三首超過十週冠軍的單曲，其中與瑪麗亞・凱莉合唱的〈甜蜜的一天〉（One Sweet Day）以十六週成為告示牌史上冠軍週數最多的單曲。基於這些非凡成就，告示牌將少年壯漢拍檔列為一九八七至二〇一二年間最成功的男子團體。「基城少年」幫名的原文「Kinanira Boyz」為參考「Boyz II Men」而取。

2 尼亞卡畢加（Nyakabiga）也是布瓊布拉轄下城區，和布維薩、布延吉同屬穆卡札（Mukaza）大區。

3 格達費（Kadhafi，一九四二—二〇一一）全名穆安瑪爾・穆罕默德・阿布・明亞爾・格達費（阿拉伯語拉丁拼音：Muʿammar Mohammed Abu Minyar al-Qaddāfī），常被稱為格達費上校，利比亞革命家、政治家、政治理論家，遜尼派穆斯林，出身窮困的貝都因家庭。曾任利比亞最高領導者，獨裁統治利比亞四十二年，是阿拉伯世界執政最久的國家元首。早期致力鼓吹阿拉伯民族主義及阿拉伯社會主義，後來改按其自創的「第三國際論」治國。二〇一一年初，在埃及和突尼西亞革命的影響下，利比亞出現反格達費示威活動，並迅速轉為內戰。八月下旬，反對派發動的黎波里之戰，攻入首都。格達費於十月下旬被捕，隨後其支持者與臨時執政當局部隊交火，格達費遭槍擊身亡。

4 的黎波里（Tripoli），利比亞首都。

5 迦太基（Carthage）是突尼西亞突尼斯省下轄的一個城鎮，位於省會兼該國首都突尼斯的東北側臨海地區。突尼斯國際機場及古城迦太基遺址均位於此。

6 霹靂椒（pili-pili）也作piri-piri，即非洲雀眼椒，辣度極高。

7 魯蒙格路指的是布瓊布拉市區通往魯蒙格市的國道路段。

8 艾美酒店（Le Méridien）也稱為美麗殿酒店，是一個高級跨國酒店品牌，一九七二年由法國航空創立。第一家艾美酒店開設於法國巴黎凱旋門附近，擁有超過一千個房間。目前品牌共有一百三十多家旅館，分布在全球五十餘國。現屬於萬豪國際（Marriott International）旗下的喜達屋（Starwood）酒店集團。

9拉達（Lada）是法國雷諾汽車集團旗下的俄羅斯生產商AvtoVAZ所持有的汽車品牌。一九七三年蘇聯時期在義大利飛雅特的技術支援下開始生產，初期以「日古利」（Zhuguli）為名進行國內銷售，其後改以外國人較容易上口的「拉達」打入國際市場，出口到歐洲其他國家、非洲、加勒比海地區等。在一九七〇及八〇年代，這個品牌在蘇聯及東歐享譽盛名，成為當時城市時髦生活的象徵。

10蒲隆地流通的貨幣為蒲隆地法郎（franc burundais，貨幣編號ＢＩＦ），於一九六〇年開始發行。

11雅達利（Atari）是一家成立於一九七二年的電腦公司，大型電玩、家用電子遊戲機和家用電腦的早期開發商。曾發行許多經典早期電子遊戲，一九七七年推出經典遊戲主機Atari 2600。

12小精靈（Pac-Man）是日本南夢宮公司（NAMCO）製作的一款電玩遊戲，一九八〇年五月於日本首度發行，同年在美國發行。遊戲進行方式是操控主角小精靈一邊閃避鬼魂一邊吃掉迷宮內藏的所有豆子。小精靈在一九八〇年代風靡全球，被視為最經典的電玩遊戲之一，小精靈成為大眾文化符號及電玩產業的代表形象，開發商南夢宮亦以其為吉祥物，沿用至今。

13阿曼蘇丹國是阿拉伯半島東南沿海的君主制國家，北部與阿拉伯聯合大公國接壤，西面毗鄰沙烏地阿拉伯，西南鄰接葉門。阿曼是阿拉伯半島最古老的國家之一，十七世紀晚期成為印度洋強國，與葡萄牙、英國爭奪波斯灣及印度洋的控制權。十九世紀是阿曼的鼎盛時期，領土延伸至現今的伊朗和巴基斯坦，以及東非沿海地區和桑吉巴群島。二十世紀逐漸淪為英國的保護國，一九六二年獨立，一九九六年成為君主立憲制國家。

11

太陽在山頭後方低垂，沒有什麼比這樣的時刻更溫柔。暮色帶來屬於夜晚的清新，以及分秒不斷改變的暖調光芒。在這個時辰，節奏起了變化。人們安靜地下班回家，夜間守衛開始執勤，鄰居們坐在門前納涼。在蟾蜍和蟋蟀出動以前，周遭一片靜謐。這通常是踢足球的大好時光，要不就跟朋友一起坐在水溝邊的矮牆上聊天，把耳朵貼在收音機上聽廣播，或到鄰居家玩。

沉悶的下午終於踩著細碎的腳步悄悄淡去，在這段空檔，在這種疲累的時刻，我會跟吉諾在他家車庫前的緬梔樹下碰面。緬梔花吐露芬芳，我們並肩躺在「札姆」（zamu，夜班守衛）的草蓆上，透過充滿雜訊的收音機收聽前線的消息。吉諾調整天線，設法減低雜訊。他滿腔熱誠地將播音內容一句句翻譯給我聽。

幾天前，盧安達戰事又起。帕西斐克終於決定把吉他拋在身後，扛起作戰裝備。吉諾用宏亮嗓音宣布：盧安達愛國陣線出發上路，爲我們重新爭取自由。他咒罵自己坐在那裡無所事事，認爲我們是一群窩囊廢，應該拿起槍桿打仗才對。有傳言指出，一些像我們這樣的混血兒已經前往戰場了。吉諾甚至肯定表示，其中某些人是「卡多哥」（Kadogo）——十二、三歲的兒童戰士。

我的夥伴吉諾，他害怕我們在院子裡抓的狼蛛，聽到遠方雷聲轟隆就會嚇得撲倒在地，這樣的吉諾居然想拿起比他的個兒還大的卡拉什尼科夫自動步槍，到雲霧瀰漫的維隆加山脈[1]打游擊戰。他用一根樹枝把前臂皮膚刮到出血，在上面刻了一個刺青——「盧安達愛國陣線」的縮寫ＦＰＲ。他的皮膚癒合不良，結果留下三個膨腫的字母。他跟我一樣是半個盧安達人，不過我內心非常羨慕他，因爲他會說道地的盧安達話，而且清楚知道自己是誰。爸爸很不高興看到一個十二歲的小孩子加入大人的談話。不過對吉諾來說，政治不是什麼大不了的事。他爸爸是大學教授，隨時都會請他提供對時事的看法，看到《青年非洲》（*Jeune Afrique*）或《晚報》刊登好文章，也會建議他閱讀。所以吉諾總是能聽懂大人說的東西。這是他的羈絆。

我只認識一個小孩會在吃早餐的時候喝不加糖的黑咖啡，那就是吉諾。他會熱切地聽法國國際電台的廣播，就跟我看活力歐足球隊[2]比賽一樣興致勃勃。我們兩個人在一塊的時候，他總要我設法體現他所謂的「認同」。他認為我應該積極表現出某種處世、思考和感覺的態度。他跟媽咪和帕西斐克論調相同，不斷說我們在這裡只是難民，有一天必須回到我們的家鄉，回到盧安達。

我的家鄉？那就是這裡。當然，我是一個盧安達女人的兒子，但我的人生現實是蒲隆地、法國學校、基納尼拉、我們住的巷子。其他東西不存在。不過，自從阿爾豐斯殉難、帕西斐克離家救國，有時我會想，這些時事的確跟我有關。可是我很害怕。我害怕爸爸如果看到我談那些事，會有什麼反應。我害怕，因為我不想把現在的生活秩序搞得亂七八糟。我害怕，因為那是一場戰爭，而在我的心裡，戰爭只會帶來不幸和悲傷。

這天晚上，我們正在聽收音機，夜色出人不意地降臨。我們轉移陣地，退到房子裡。吉諾家的客廳牆壁是名副其實的動物圖像展覽館。他爸爸對攝影非常熱中。每逢週末，他會全副武裝——遮陽帽、頭巾、野外襯衫、健行涼鞋、護腳襪樣樣不缺——出發前往盧武布（Ruvubu）自然公園進行遊獵攝影。回到家以後，他會在密不透光的浴室裡沖洗照片。他們家瀰漫著牙醫診所那種臭氣，他在自家暗房使用的化學藥劑跟他大量噴灑在身上的古龍水都散發刺鼻的味道，混雜在一起撲面而來。吉諾的老爸像個幽魂。我們從來見不到他的面，但卻總能感受到他的存在，因爲那股廁所消毒水的氣味彷彿附著在他皮膚上，而且他好像一輩子都在打字機上使勁敲打，撰寫講義和他那些政治書籍，我們聞得到他、聽得見他。他喜歡整潔和秩序。做完某件事時，比如說把窗簾拉開或爲植物澆水，他會說：「嗯，這個做好了！」然後一整天，他會在腦海裡把每件完成的任務打個勾，並咕噥著說：「大功告成！」他會以某個精確的方向刷理前臂上的毛。他有古代修士那種頂禿，但他會把側邊的頭髮往上梳，設法蓋住禿掉的部分。如果這天他打領帶，就會把右邊頭髮梳上去，如果他打的是蝴蝶結，那會梳左邊頭髮。他會仔細把頭髮剪成適當長度，設法留下空間讓他梳出清楚的分邊線，看起來像一條沒有經過僞裝的壕溝。他在我們社區的綽號是「柯達」[3]，不過不是因爲他熱愛攝影，而是因爲他油油的頭髮裡有一大堆頭皮屑[4]。

吉諾進了家門以後就沒那麼好玩了，他變得比較不喜歡笑、吐痰、打嗝，或在放屁的時候抓著我的頭往他的屁股縫裡塞。他像一條情意濃濃的鬈毛狗那樣跟在我後面，檢查我上完廁所有沒有沖水，有沒有在馬桶邊緣留下幾滴尿，有沒有把客廳裡的小擺設放回原位。他爸爸的怪癖感染到他，結果整個房子顯得冷冰冰，沒有人情味。

明明這是個屬於熱帶的夜晚，某種極地寒風般的印象卻穿堂入室，而且吉諾自己也感覺到這點。幾分鐘以後，我們看了看對方，兩個人都覺得在他家裡渾身不自在。我們倉皇逃脫屋內日光燈的慘澹光線，讓壁虎盡情捕食夜蛾，遠離他爸爸那台奧利維蒂[5]發出的噠噠聲，重新投身在令人安心的夜色中。

我們巷子是一條長兩百公尺的死胡同，路面是碎石泥土，路中間有一些酪梨樹和銀樺，使巷子自然形成雙向道。透過九重葛籬笆的缺口，可以瞥見裡面的優美住宅，房屋周邊則是種了果樹和棕櫚樹的庭園。水溝旁的香茅草散發可以驅蚊的甜美香氣。

我們兩個在巷子裡晃蕩時，喜歡像好朋友那樣手牽著手，互相訴說生活點滴。在這群死黨裡，我只敢偶爾在吉諾面前卸除防衛，吐露心事。我父母分開以後，我內心有了一些新的疑惑。

「你不會想念你媽嗎？」

「我很快就會見到她了，她在基加利。」

「上回你不是說她在歐洲？」

「是啊，不過她回來了。」

「你爸媽呢？他們分開了嗎？」

「沒有，沒眞的分開。只是他們不住一起而已。」

「他們不相愛了嗎？」

「還愛啊！你爲什麼問這個？」

「因爲他們不住一起。父母親不相愛的時候，不就是這樣嗎？」

「對你來說是這樣，加比，可是對我來說……」

我們慢慢走近掛在販賣亭鐵柵上那盞防風燈的黯淡光芒。在貨櫃改裝成的雜貨店前面，我把錢掏了出來，那是艾柯諾摩普羅斯夫人塞給我們的一千法郎用到現在剩下的。我們買了一包 Tip Top 牌餅乾和幾包 Jojo 牌口香糖。由於剩下來的錢還不少，吉諾提議我們到酒館喝啤酒。酒館位於巷子裡一個比較隱蔽的角落，在一棵生長不良的鳳凰木底下。

酒館儼然是蒲隆地最重要的社會機構，是人民的集會堂，街頭廣播電台，國家的脈搏。每個社區、每條街都有這種沒有燈光的簡陋小屋，人們走進昏暗的室內，買杯溫熱的啤酒，坐在不舒服的箱子或矮凳上，距離地面只有幾公分。這種酒館給予酒客一份匿名的奢侈，他們在那裡可以不被認出來，無論是要參與眾人的談話，還是想保持沉默，都可以大隱於市。在這個所有人互相認識的小國家，只有黑暗的酒館能讓人暢所欲言，忠於自我。大家在這裡享有跟投票所隔間裡同樣的自由。而對於這些從不曾投票的人民而言，能找到機會發聲自然有它的其重要性。不管你是大老闆或小傭人，酒館裡沒有階級性別之分，人人都能從頭到腳、從內心到口腹、情欲，自由暢快地表達。

吉諾叫了兩瓶普利姆斯啤酒。他喜歡到這裡聽人談政治。破屋子的鐵皮遮棚底下，究竟坐了多少人？沒人知道，但這並不要緊。黑暗讓所有人陷入一片混沌，只有話語蕩漾其中，此起彼落，隨機迸出，接著又像流星般倏地消逝。每段發言之間的空檔彷彿無限延續。然後某個新的聲音又會從虛空中揚起，輕輕拂過周遭，而後逐漸淡去，化為一片寂靜。

「我告訴你們，民主是件好事。人民終於就要決定自己的命運。我們應該為總統選舉感到高興，選舉會為我們帶來和平與進步。」

「這位鄉親，請容我唱反調。民主是白人發明的東西，它的唯一目的是分化我們。我們放棄單一政黨是一大錯誤。白人花了好幾百年，經歷過無數衝突，才達到他們今天的狀況。現在卻要求我們用幾個月的時間完成同樣的事。我很擔心我們的領導階層是在扮演魔法師的徒弟[6]，他們採用一個概念，可是卻掌握不到其中的因果和利害。」

「不會爬樹的人只好留在地上。」

「我還好渴……」

「在文化層面上，我們崇拜國王。一個首領，一個政黨，一個民族！我們的國家口號要表達的就是這種統一性。」

「狗不可能變成牛。」

「我再怎麼喝還是覺得口渴……」

「那只是表面上的統一。我們必須開始崇拜人民，只有人民才能眞正保障長久的和平。」

「和平是民主的必要架構，但如果不先實現正義，我擔心和平根本是不可能的事！一九七二年，成千上萬的同胞遭到屠殺[7]，卻沒有一個人接受審判。假如沒有任何作爲，下一代最後會起來爲他們的先人報仇。」

「胡說八道！不要把過去的事拿出來攪和，我們必須向前走，才會有未來。族群主義、部落主義、地區主義、對立主義，這些統統該死！」

「還有酗酒主義！」

「我好渴，我好渴，我好渴，我好渴，我好渴，我好渴……」

「各位鄉親，上帝會陪伴我們走這條路，就像祂陪伴聖子走向各各他[8]……」

「哈，我知道了。我口渴是因爲她的關係。再來一杯啤酒。」

「那些白人遲早會達成他們的卑鄙計畫。他們把他們的上帝、他們的語言、他們的民主都傳到我們這裡。現在，我們看病要找他們，小孩讀書也往他們的學校送。黑人都瘋了，完蛋了……」

「那個婊子，她奪走我的一切，不過她永遠沒法讓我不口渴。」

「我們生活在時代悲劇的舞台。非洲的形狀就像一把手槍。這是我們莫可奈何的事實。我們還是走人吧。往上頭去也好，到哪都好，走爲上策！」

「未來是過去的結果，就像母雞下蛋。」

「啤酒！啤酒！啤酒！啤酒！啤酒！啤酒！啤酒！啤酒！啤酒！啤酒！啤酒！」

我們在酒館裡繼續待了一段時間，默默啜飲手上的熱啤酒，然後我在吉諾耳邊低聲說再見。酒精滲進我的血液，我連自己身邊的影子到底是不是他的影子都已經搞不清楚。我該回家了。爸爸會擔心。我走過昏暗的巷道，返回家門。我的步伐有點搖晃。枝頭傳來貓頭鷹的叫聲。我頭頂上的天空空蕩寂寥，在一片漆黑中，那些暗夜喧嘩還一直傳到我耳邊。酒館裡那些醉漢忙著開瓶、開講，聆聽想法、傾訴心聲。那是一群可以互相替換的靈魂，一堆不見嘴巴的聲音，一團混亂迷離的心跳。在這種夜色慘澹的時刻，個別人物消失了，只剩下一整個國家在自言自語。

譯註

1 維隆加（Virunga）山脈是東非的火山群，屬於東非大裂谷西側的一部分，位於愛德華湖與基伍湖之間的盧安達、剛果民主共和國與烏干達接壤地帶，最高峰為卡里辛比（Karisimbi）火山。Virunga 一名源自盧安達語詞彙 ibirunga，意即火山。

2 活力歐（Vital'O）是布瓊布拉的著名足球隊，成立於一九六〇年代。

3 柯達（Kodak）是伊士曼柯達公司（Eastman Kodak Company）的簡稱，總部設於美國紐約州羅徹斯特。以攝影器材聞名於世，在二十世紀大部分期間為攝影底片生產的領導業者。傳統攝影式微後，轉以數位攝影、數位印表、3D列印及其他相關服務為業務重心。

4法文中「攝影膠片」與「頭皮屑」都用 pellicule 這個字。這個字的原意是「薄皮」、「表層膜」。

5奧利維蒂（Olivetti）是一家義大利資訊科技公司，目前母公司為義大利電信。公司成立於一九〇八年，以生產打字機起家，發展迅速，亦經營商用電子器材、電腦系統業務。該公司曾研發出義大利第一台電子計算機 Elea 9003，並推出首台商用可程式化「桌上型電腦」Programma 101。由於個人電腦的普及，奧利維蒂於一九九四年停止生產打字機。

6這個典故源自於德國大文豪歌德一七九七年創作的著名敘事詩《魔法師的徒弟》（*Der Zauberlehrling*）。這首詩講述一名老魔法師的故事。魔法師離開工坊，讓徒弟接管打水工作。小徒弟打水打得不耐煩，便施咒語請掃帚代勞。掃帚效率十足，工坊很快就開始淹水，這時小徒弟才發現他不知道怎麼解除咒語。情急之下，他把掃帚劈成兩節，結果卻變成兩把掃帚用水桶汲水，使災情急速惡化。這時老魔法師返回，及時解除魔咒，並鄭重昭告，強大神靈只能由師父親自召喚。

7一九七二年四、五月間，蒲隆地國家憲兵的胡圖族成員於坦干依喀湖畔的魯蒙格、尼安札-湖濱（Nyanza-Lac）發起反叛行動，建立為期短暫的馬特亞鄒共和國（République de Martyazo）。反叛軍殺害了圖西族人及不願參與反叛的胡圖族人，死亡人數約八百至一千兩百名。期間，遭推翻而流亡的前國王恩塔雷五世（Ntare V，圖西族）返國，引起轟動，隨即被暗殺。由圖西族主導的米孔貝羅（Michel Micombero）政府，在之後數月間派軍鎮壓反叛分子並屠殺胡圖族人，估計死亡人數約八萬至二十一萬人。

8各各他（Golgotha）或作「哥爾哥達」，天主教典籍按拉丁文 Calvaria 譯為「加爾瓦略」，意譯為「髑髏地」。各各他是羅馬統治以色列時期耶路撒冷城郊的一座山丘，據《新約全書》的記載，神的兒子耶穌基督曾被釘上十字架受難的地點就是各各他山。

12

蒲隆地民主陣線（民陣黨）[1]。國民進步同盟（國進黨）[2]。在國民進步同盟以一黨專制型態統治蒲隆地三十年之後，這兩大政治團體在一九九三年六月一日的總統選戰中激烈較量。從早到晚，不管是收音機、電視或大人的交談，這兩個名稱不斷出現。由於爸爸不要我們管政治的事，每次他們談政治時，我只好跑去聽別的東西。

在全國各地，競選活動充滿節慶氣息。國民進步同盟的擁護者身穿T恤、頭戴紅白棒球帽，在路上交錯而過時，他們會把中間三根手指頭豎起來，互相打手勢。蒲隆地民主陣線的支持者選用的顏色是綠色和白色，他們的團結手勢則是舉起拳頭。在所有地方——廣場、公園、運動場——眾人唱歌跳舞，笑聲此起彼落，盛大的募款活動喧囂熱鬧。我們家的廚師普羅泰現在開口閉口都在談民主。就連他這個向來垂頭喪氣、臉色嚴肅的人也變得不一樣了。

有時我會碰巧看到他在廚房裡扭動大屁股，用刺耳的嗓音以克倫地語高唱：「民陣黨，了不起！民陣黨，了不起！」看到政治帶來那麼多的歡樂，眞是多令人高興的事！這種歡欣喜悅的情緒好比星期天上午足球賽的氣氛。這下我實在不明白，爲什麼爸爸不肯讓小孩談論這份快樂，這種令民眾神采飛揚的新象，這股使他們內心漾滿希望的春風。

總統大選前一晚，我坐在後院的廚房台階上，忙著幫狗狗抓壁蝨、除蠅蛆。普羅泰蹲在斑駁的水槽前面，一邊洗衣服一邊哼唱聖歌。他先把大盆子裝滿水，倒進一小盒OMO牌洗衣粉[3]，然後把一堆髒衣服丟進那盆藍色液體中。多納西恩坐在我們對面的一把椅子上擦鞋。他穿了一件鐵灰色阿巴寇斯特外套，頭髮上插了一把塑膠梳子。

稍遠處，伊諾桑在院子後側的洗澡間沖澡。洗澡間的門只是一塊生鏽的鐵板，他的頭和腳從鐵板上下兩側露了出來。他編了一首嘲笑蒲隆地民主陣線的歌，並且大聲演唱，故意惹火普羅泰。「民陣黨跌落泥塘，國進黨必然大勝。」普羅泰一邊發牢騷，一邊小心翼翼地把目光投向伊諾桑，確認他聽不到：

「他愛耍這種幼稚把戲就隨他耍，反正他們這次是不會贏的。我甚至可以告訴你，多納西恩，他們掌權三十年以後，早就已經昏庸蒙昧，是非不分，他們的失敗會因此顯得更醒目。」

「老兄，不要那麼自以爲是，這樣不大好。伊諾桑還年輕，血氣方剛，可是你應該用智慧展現你的氣度。別讓這種幼稚的挑釁行爲擾亂了你的視聽。」

「你說得對，多納西恩。不過，我還是等不及要看他知道我們勝利的消息時會有什麼表情。」

伊諾桑打赤膊走出洗澡間，邁著貓科動物般的步伐朝我們走來。鬈髮上的水珠在陽光中閃耀，使他頭頂白了一塊。他在普羅泰前面停下腳步，普羅泰低著頭，更加使勁地搓洗衣物。伊諾桑伸手從口袋裡掏出一根他的招牌法寶——牙籤，然後把它戳進嘴裡。爲了讓我們開眼界，他故意繃緊肌肉擺姿作態，並用不屑的眼神盯著普羅泰的後腦勺。

「喂，你這個下人！」

普羅泰驟然停止搓洗。他猛地站起，用挑戰的冷峻目光瞪著伊諾桑的眼睛。多納西恩停止擦鞋。我把狗狗的腿放開。伊諾桑不敢相信瘦弱的普羅泰竟敢這樣對抗他。普羅泰的鎮定神態使他不知所措，最後只好露出略帶尷尬的嘲弄笑容，把牙籤吐到地上，豎起中間三根手指頭，一邊在頭頂比畫國進黨的手勢一邊走開。普羅泰看著他離去的身影。伊諾桑消失在大門外時，他蹲回水盆前，繼續哼唱他的「民陣黨，了不起……」。

譯註

1蒲隆地民主陣線（Front pour la démocratie du Burundi，簡稱 Frodebu）是蒲隆地的一個進步派政黨，由胡圖族知識分子兼政治家梅爾齊奧．恩達達耶（Melchior Ndadaye）與其支持者組成。該黨源自一九八六年解散的蒲隆地勞工黨（Parti des travailleurs du Burundi），一九九二年依據新憲法成為合法政黨。民陣黨被視為蒲隆地最大族群胡圖族的政黨，於一九九三年大選中獲勝，同年七月黨魁恩達達耶出任總統。胡圖族掌權點燃胡圖族與圖西族民兵間的衝突，十月總統在政變中遇刺，胡圖族為求報復，殺害兩萬五千名圖西族人。圖西族以暴制暴，殘殺許多胡圖族平民。在二〇〇五年的立法選舉中，蒲隆地民主陣線成為主要反對黨。蒲隆地民主陣線是社會黨國際（Socialist International）的成員。

2國民進步同盟（Union pour le Progrès national，簡稱 Uprona）是以圖西族為主的蒲隆地政黨，成立於一九五八年，對該國獨立貢獻甚偉。在一九六五年以前，該黨也獲部分胡圖族支持，曾有三名胡圖族黨員出任總理。在一九九三年的首次民選中，該黨敗給蒲隆地民主陣線。

3ＯＭＯ是一個洗衣粉及清潔用品品牌，一九〇八年於英國登記成立，其後業務擴展至歐陸多國。品牌名稱是「Old Mother Owl」（老貓頭鷹媽媽）的頭字母縮寫。二次大戰後，ＯＭＯ產品在一九五二年重新現身法國市場，風行至今。現屬聯合利華（Unilever）集團。

13

這天早晨跟平常沒兩樣。公雞鳴叫，狗在耳背搔癢，屋內飄著咖啡香。鸚鵡模仿爸爸說話。隔壁院子傳來掃帚刮過地面的聲音。收音機響徹鄰里。色彩鮮豔的壁虎懶洋洋地曬太陽。螞蟻大軍忙著搬運安娜不小心從桌上撒下的糖粒。一個再平常不過的早晨。

然而，這天卻是個歷史性的日子。全國各地民眾準備投下他們這輩子第一張選票。天剛破曉，他們就開始前往最近的投票所。長得不見尾的人龍沿著大馬路行走，婦女身著五顏六色的束腰裙，男子穿戴最體面的行頭，載滿歡欣選民的小巴士不斷駛過。人群從四面八方湧進我們家旁邊的足球場。草地上設置了許多投票桌和獨立投票間。我隔著圍籬看那些在陽光下排成長隊等候投票的選民。群眾平靜而守秩序，其中有些難掩喜悅之情。一名身穿若望保祿二世T恤、披掛紅色纏腰布的老婦一邊跳舞一邊從投票間冒出來，口中高唱：「民主！民主！」一群年輕人朝她走去，把她抱起來，齊向天空歡呼。球場四周還可以看到一些白人和亞洲人，他們身上穿著背後標有「國際觀察人員」字樣的多口袋背心。蒲隆地民眾清楚意識到這是個重要時刻，一個新的時代即將展開。這場選舉標誌著一黨專政和政變頻仍的年代就此畫下句點。全體人民終於能自由選出代表他們的人。一天結束，最後幾位選民離開以後，足球場看起來彷彿像一個巨大的戰場。草地被踏得面目全非，紙張散落在地面。安娜和我從圍籬底下溜了進去，一路匍匐到投票間。我們把一些掉在那裡的選票收集起來，其中有些是投給民陣黨的，有些投給國進黨，有些則是人民和解黨[1]的選票。我要爲這個值得慶賀的日子留下一點紀念品。

第二天的氣氛很詭異。沒有一點風吹草動。全城民眾在焦慮情緒中等待開票結果。家裡的電話響個不停。爸爸不讓我到巷子裡跟夥伴們見面。庭院空蕩蕩的，守衛不見人影。沒有幾輛汽車在街上跑。比起前一天的歡欣鼓舞，這種反差令人印象深刻。

爸爸午睡時，我從後門溜了出去。我想跟艾爾芒講話。因爲他爸爸的關係，他一定可以掌握到一些消息。我敲了他們家大門，請他們的傭人叫他出來。艾爾芒出現時告訴我，他爸爸在家裡抽小雪茄菸踱步，在他喝的茶裡面加的糖比平時多了不少。他們家的電話也響個不停。他囑咐我回家，不要在街上逗留，因爲不知道會發生什麼事。一些令人不安的謠言正在悄悄散播。

夜色降臨前不久，爸爸、安娜和我三個人都在客廳裡坐著，這時有人打電話給爸爸，要他打開收音機。光線昏暗，安娜啃著指甲，爸爸則趕忙找電台。終於調到正確頻率時，國家廣播電視公司的播報員正好在宣布開票結果即將揭曉。我們聽到一支老播音帶的雜聲，然後銅管樂隊的樂音響起，搭配合唱團震耳欲聾的歌聲：「親愛的蒲隆地，美好的蒲隆地……」國歌結束以後，內政部長開始發言，宣布蒲隆地民主陣線獲勝。爸爸面不改色，只是點燃一根香菸。

社區裡沒有人叫喊，沒有人按喇叭，沒有人放鞭炮。我覺得彷彿聽到遠方山丘傳來一陣喧囂。是我在幻想嗎？爸爸堅守不讓我們碰政治的原則，一個人躲進房間打電話。隔著房門，我聽到一些聽不懂的話語。「這不是民主的勝利，而是族群的衝動反應……你比我更清楚非洲的狀況，憲法是沒有分量的……軍隊支持國進黨……在他們這些國家，假如你不是軍隊支持的候選人，就不可能贏得選舉……我不像你這麼樂觀……他們遲早會爲這個羞辱付出代價……」

我們很早就吃晚餐。我做了洋蔥歐姆蛋捲，安娜端出切片鳳梨和嘉勒修女會[2]做的草莓優格。就寢前，我們在爸爸的房間收看新聞。電視畫面在顫動，螢幕上的雜訊宛如雪花飛舞。我拿著衣架在電視機上方揮舞。少校總統皮耶·布約亞[3]坐在一幅蒲隆地國旗前，以沉穩的語氣表示：「本人鄭重接受人民的裁決，並特此呼籲全體同胞採取相同做法。」我立刻想到伊諾桑。然後新任總統梅爾齊奧·恩達達耶神情鎮定地出現在螢幕上。「這是所有蒲隆地人的勝利。」這時我想到普羅泰。新聞最後是參謀總長發表的聲明：「軍隊將尊重奠基於多黨制的民主。」這時我想到的是爸爸的話。

刷牙的時候，我忽然聽到安娜的尖叫聲，趕忙衝進我們的房間。她站在我的床上，緊抓著窗簾。一隻蜈蚣正在房間中央的地板上爬。爸爸邊把牠打爛邊吼：「可惡！」上床時，我問爸爸新總統上台是不是好事。他回道：「我們等著瞧吧。」

親愛的蘿兒：

民眾投票了。廣播報導說投票率高達百分之九十七點三。這代表除了小孩、醫院裡的病人、監獄裡的犯人、瘋人院裡的瘋子、警方通緝的歹徒、賴在床上的懶鬼、沒有手不能拿投票單的人，還有像我爸爸媽媽或多納西恩這種外國人以外，所有人都去投票了（外國人有權利在這裡生活、工作，但是不能表達意見，他們來自哪裡，那些意見就該留在那裡）。新總統叫梅爾齊奧，跟東方三賢士[4]的其中一個人同名。有些人很喜歡他，比如我們家的廚師普羅泰。他說這是人民的勝利。有些人很討厭他，比如我們家的司機伊諾桑，不過請妳放心，這只是因爲他脾氣壞，愛唱反調又輸不起。

我覺得新總統很認眞，他的儀態很好，不會把手肘撐在桌子上，也不會打斷別人的話。他打單色領帶，襯衫燙得平平整整，說話時會用很多禮貌詞語。他很體面，很乾淨。這很重要！因爲接下來我們會把他的像掛在全國各地，這樣大家才不會忘記他。妳想想看，如果一個總統外表邋遢，或者眼睛有斜視，這樣的照片掛在政府部會、機場、大使館、保險公司、警察局、旅館、醫院、酒館、托兒所、軍營、餐廳、理髮廳、孤兒院，那不是很難看嗎？

還有，我不知道前任總統的肖像都跑到哪裡去了。是被人丟掉了嗎？還是被保管在某個地方，這樣萬一以後他決定東山再起，還可以拿出來用？

這是我們國家第一次出現不是軍人出身的總統。我覺得他應該比較不會像以前的總統那麼容易頭痛。那些軍人當總統的總是鬧偏頭痛，彷彿他們有兩個大腦，一邊裝的是和平，一邊裝的是戰爭，他們永遠不知道該聽哪邊才好。

加比

譯註

1人民和解黨（Parti de la Réconciliation des Personnes，簡稱ＰＲＰ）是蒲隆地的一個小型政黨，成立於一九九一年九月，主張恢復君主制度。一九九三總統選舉時，該黨候選人皮耶－克拉維爾．森德格亞（Pierre-Claver Sendegeya）獲得百分之一點五選票，名列第三。在國會選舉中，得票率為百分之一點四，無法獲得席次。

2嘉勒修女會（Ordo Sanctae Clarae）又稱貧窮修女會，是羅馬天主教的一個女性隱修會、方濟各會的第二會，由修女阿西西的聖嘉勒應聖方濟各之託創立於一二一二年。據估計目前在全世界七十餘國共有超過兩萬名嘉勒修女會的修女。

3 皮耶・布約亞（Pierre Buyoya）少校是蒲隆地政治人物，生於一九四九年，曾分別在一九八七年至一九九三年間及一九九六年至二〇〇三年間統治蒲隆地，共擔任十三年國家元首，是迄今任職時間最長的蒲隆地總統。布約亞於一九八七年發動軍事政變，推翻蒲隆地第二共和，自立為第三共和總統，宣布自由化、族群和解等政策；但在他的領導下，以圖西族為主的軍事政府持續壓迫人民，導致胡圖族於一九八八年夏天起義反抗，造成兩萬人死亡。隨後布約亞組成調解委員會，並於一九九二年批准新憲法，提倡選出不具族群色彩的新政府。一九九三年六月舉行首次民主選舉，胡圖族候選人恩達達耶獲勝。恩達達耶建立融合胡圖族與圖西族的政府，但在一九九三年十月遭軍隊刺殺，蒲隆地再度陷入內戰，十五萬人罹難。一九九六年，布約亞在軍方支持下發動政變推翻代理總統恩提班同剛亞（Sylvestre Ntibantunganya），二度掌權，至二〇〇三年下台為止。目前以前總統身分擔任終身參議員，經常獲邀主持和平任務。前美國大使羅伯・克魯格（Robert Krueger）在二〇〇七年出版的著作《蒲隆地：從流血到希望》（*From Bloodshed to Hope in Burundi*）中指控布約亞策畫一九九三年政變，導致新任總統恩達達耶罹難。

4 東方三賢士又稱東方三王、東方三博士、三智者等，是耶誕節傳統中的人物，一般會與耶穌和其父母、牧羊人及馬廄中的動物一同出現。根據《新約聖經・馬太福音》的記載，耶穌基督出生時，有來自東方的賢士帶著黃金、乳香與沒藥前來朝拜「猶太人的王」。《福音書》沒有指名賢士的人數，也沒有提到他們的身分，但多數基督教教派認為是三個人。學者指出，賢士（mage）就是古波斯拜火教祭司或神職人員的稱呼，類似天主教的神父或主教、新教的牧師或長老。西方基督教會認為三賢士分別是波斯學者梅爾齊奧（Melchior）、巴比倫學者巴爾塔撒（Balthasar），以及加斯帕（Caspar）。

14

死去的大爬蟲癱在庭院後側的草地上，是十來個壯丁用繩子和竹竿把牠從貨車上卸下來的。消息迅速傳遍整條巷子，引來一大群好奇民眾聚集在鱷魚四周。牠的黃色眼睛還開著，彷彿在查看圍觀的人群，令人渾身不舒服。黑色瞳孔有如刀痕，垂直劃過牠的眼球。在頭部頂端，一個看起來像玫瑰花苞的傷口顯示致命一擊的撞擊點。從薩伊專程趕來的賈克用一顆子彈就讓牠斃命。一個星期以前，一名加拿大女遊客在度假俱樂部的沙灘上沿著湖岸散步時，被一條鱷魚奪去小命。跟每次發生這種事的時候一樣，地方當局派出懲治隊伍，獵殺一條鱷魚作爲報復。這次爸爸和我也加入，不過只是充當嬌貴的觀眾。多年來，賈克不時就會率隊執行這種任務，隊員包括幾名熱中於捕殺大型獵物的白人。一行人攜帶彈藥及裝有瞄準鏡的卡賓槍，在水上俱樂部登船。動力船沿著湖岸，一直行駛到魯西吉河口。在那個地方，含泥量非常高的河水緩緩流進碧綠的坦干依喀湖。我們在三角洲慢慢溯游而上，獵手們扣住扳機，小心翼翼地監視稀疏的河馬群，提防某一頭離群的雄河馬忽然攻擊。引擎聲被淹沒在一群織布鳥的叫聲中，牠們的巢軟綿綿地懸掛在相思樹的枝椏間。隊員把溫徹斯特步槍擺在身旁，在豔陽下瞇著眼睛，用望遠鏡觀察周遭。賈克透過槍上的瞄準鏡，看到一片沙洲上有一條鱷魚。鱷魚張大嘴巴，正在享受午後的日光浴。一隻埃及鴴仔細幫牠清理牙齒。賈克開槍射擊時，一群驚慌的樹鴨從岸邊的蘆葦叢上飛掠而過。槍聲有如木材斷裂那種乾巴巴的聲響。鱷魚在休憩之際遇襲，幾乎完全沒有時間反應。牠的頜部有如慢動作般悄然闔上。鴴鳥繞著牠的夥伴跳躍了一陣，彷彿最後一次向牠致意，然後展翅離去，準備打理另一條鱷魚的嘴巴。

圍觀民眾走了以後，大家把那隻龐然大物背朝地面攤開，然後賈克有條有理地將鱷魚支解切塊。他把肉塊裝進塑膠袋，讓普羅泰放到車庫裡的大冰櫃去。這時夜幕已經低垂，可是事情都還沒就緒。園丁幫多納西恩擺出桌椅。伊諾桑把烤肉要用的煤炭搬來。吉諾將掛在橡膠樹上的燈籠點亮，爸爸捲開延長線，在庭院裡把音響架設起來。安娜負責在桌子底下擺放蚊香。這可是個特別的夜晚，大家要慶祝我的十一歲生日！

音樂開始從音響喇叭流瀉而出時，社區再度騷動起來。免費喝酒的美好前景吸引酒鬼上門，他們破例離棄巷子裡的酒館，到我們家來報到。庭院裡很快就充斥著歡聲笑語，以及低音喇叭的轟隆節奏。我在川流不息的人潮中興高采烈，在這所月光下的臨時酒吧裡喜不自勝，現場氣氛歡樂無限，大夥兒笑得淚眼盈眶。

學校剛放暑假，而這次的假期有了美好的開始：我收到蘿兒的來信。「嗨，加比！我跟我弟弟和表弟表妹在海邊玩得超開心。謝謝你寫信來，你寫的東西好有趣。暑假期間不要把我忘了。希望很快就收到你的消息。親親。蘿兒。」

明信片另一面是一組旺德地區的迷你照片：諾瓦爾穆提耶（Noirmoutier）島上的一座城堡，聖尚－德蒙（Saint-Jean-de-Monts）的住宅大樓群，聖母－德蒙（Notre-Dame-de-Monts）的一處海灘，聖西萊爾－德里耶（Saint-Hilaire-de-Riez）附近海面上的一排岩石。我把明信片反覆讀了好幾十次，心湖漾起一種特別的感受，覺得自己在蘿兒眼中獨一無二。她要我別把她忘了，其實我沒有一天不想她。下次我寫信給她時，我要對她說她對我有多麼重要，我要告訴她我生平第一次覺得能對某個人表達我的情感，希望我一輩子都能寫信給她，甚至有一天能在法國跟她見面。

假期開始的另一個大好消息是，我的父母在好幾個月的冷戰之後，又開始互相講話了。他們一同祝賀我升六年級[1]。他們說：「我們爲你感到驕傲。」這個「我們」代表夫妻，象徵重聚。所有希望都成爲可能！

帕西斐克從盧安達打電話來祝我生日快樂。他說，和平協議重新生效，他過得很好，很想念我們，只可惜不能跟我們一起慶祝這個大日子。他剛跟一個女孩子訂婚。他一到盧安達，就瘋狂地愛上那女孩。他希望很快就能把未婚妻介紹給家人認識。她的名字叫貞妮，帕西斐克把她描述成整個非洲大湖地區最美的女人。他在電話中跟我分享了一個秘密：戰爭結束後，他打算當一名歌手，這樣他就能譜寫屬於自己的情歌，頌讚未來妻子的美麗。

我周邊的一切都有了著落，生活逐漸重回軌道，而這天晚上，我喜愛的人、喜愛我的人，統統圍繞在我身旁，我盡情品嘗這份幸福。

賈克坐在我們家的大露台上，向賓客們講述他獵殺鱷魚的故事，令他們嘖嘖稱奇。他挺著胸膛，裝腔作勢地吹噓，並刻意加強瓦隆地區[2]的法語發音。他從口袋掏出銀色吉波打火機點菸，動作宛如電影演員從皮套取出左輪手槍，然後吊兒郎當地把香菸叼在嘴角。艾柯諾摩普羅斯夫人在旁看得心花怒放，他的英雄氣概和如珠妙語似乎令她深深著迷。她屢屢對賈克表示讚賞，他則總是欣然接受；他的笑話使艾柯諾摩普羅斯夫人不斷發出咯咯的笑聲，看起來活像個癡情的少女。兩個人相見恨晚，暢談好幾個小時。他們互相分享布瓊布拉還叫作烏松布拉（Usumbura）那個美好年代的往事，談起格蘭大飯店、巴吉達酒店的舞會和爵士樂演奏、齊佳電影院、在大街上奔馳的氣派美國車——凱迪拉克（Cadillac）和雪佛蘭（Chevrolet）。他們分享他們對蘭花的熱愛，討論遙遠歐洲的美酒，聊到法國電視節目主持人菲力普．狄約勒沃[3]和他的團隊在因加水壩附近離奇失蹤的事件。然後話題又轉到尼拉貢戈火山噴發、令人讚嘆的熔岩；這個地區的氣候多麼舒適宜人，湖光山色，美不勝收……

普羅泰穿梭在賓客間，為他們奉上啤酒和炭烤鱷魚排。伊諾桑帶著作嘔的表情，把普羅泰遞給他的餐盤推開。「噁！只有白人和薩伊人會吃鱷魚肉和青蛙。你永遠不會看到眞正的蒲隆地人碰那些叢林動物的肉！我們跟他們不同，我們是文明人！」多納西恩嘴裡塞滿油膩的鱷魚肉，但還是忍不住爆笑出來。他回道：「蒲隆地人缺乏美食品味，而白人就是喜歡浪費。比方說法國人，他們其實不懂怎麼吃青蛙，他們只會吃青蛙腿！」

艾爾芒待在音響前面，教安娜跳蘇庫斯[4]。小安娜學得不錯，她在腰間圍了條彩裙，成功地在身體其他部位保持不動的情況下扭擺屁股。酒鬼們拍手叫好。聚光燈上擠滿飛蟲，燈光投射在舞池中間，雙胞胎的父母在那裡臉貼著臉，慵懶地跳著舞，彷彿回到他們相識的時候——在「大加雷樂隊」[5]風靡一方的那個傳奇年代。雙胞胎的媽媽身材比她丈夫還要高壯，她負責帶舞，他則閉上眼睛、蠕動嘴角，活像一條小狗兒在做夢。被汗水濡濕的襯衫貼在他們的背部，胳肢窩的位置浮現一片汗漬。

爸爸渾身散發歡樂好心情。他出乎尋常地繫了一條領帶，噴了一點香水，把頭髮往後梳理整齊，突顯出他那雙風流男士的綠色眼眸。媽咪身穿花卉圖案薄紗禮服，顯得光彩煥發。她走過在場男人身邊時，欲望在他們的眼睛裡閃閃發亮。我甚至好幾次看到爸爸也在打量她。爸爸坐在舞池邊，跟艾爾芒的爸爸談生意和政治。艾爾芒的爸爸剛從沙烏地阿拉伯回來，他忙著喝酒，想必是在彌補整整一個月被迫禁酒的痛苦。艾爾芒的媽媽打扮得像個過度虔誠的信徒，她坐在他們旁邊，三不五時就要揚眉、擺頭一番。我完全看不出她到底是同意丈夫對蒲隆地咖啡價格在倫敦股市趨穩所持的看法，還是在數那天的第N次念珠。

我跟吉諾和雙胞胎正躺在小貨車的引擎蓋上，這時忽然看到法蘭西斯跑來。我們簡直不敢相信自己的眼睛！他一踏進我家的院子，媽咪就把一瓶芬達塞進他手裡，請他在大橡膠樹底下的塑膠椅子上坐下。吉諾瞬間就開始發飆。

「加比，這是怎麼回事！你得把那個混帳攆走，他沒資格來參加你的生日派對！」

「兄弟，我不能那麼做。我爸說這個派對是向全街區的人開放的。」

「去你的，法蘭西斯就是不行！他是我們的頭號敵人！」

「也許我們可以趁這個機會跟他和解，」雙胞胎說。

「你們這群白癡，」吉諾回道。「我們怎麼能跟那個鼠輩談和！我們應該把他那張鬼臉打爛，那是他罪有應得！」

「現在他又沒在害誰，」我說。「讓他喝汽水沒關係，我們小心提防就是了。」

我們確實分分秒秒都盯著他。他假裝沒看到我們，但其實他的目光不斷掃射，抽絲剝繭地分析現場情況。他緊張地晃動左腿，斜眼注視在場賓客。他起身再拿一杯飲料，跟媽咪短暫交談了一下；媽咪轉身面朝我的方向，用手指著我，彷彿在對他表示她是我媽媽。法蘭西斯像花蝴蝶般在各個人群間飛舞，總有辦法即時加入談話，跟任何人都有話題，甚至能跟吉諾的爸爸聊。

「怎麼可能，他居然在跟我爸說話！他們會聊些什麼？我相信他一定在刺探我們的事，加比。他在假裝是我們的朋友！」

我們隔著一段距離觀察他的把戲。伊諾桑邀他一塊喝啤酒。幾分鐘後，他們就像哥倆好般，你敲我的肩、我拍你的背。

已經過了午夜，酒精和夜色交纏的效應開始顯現。一群服國際志願役的法國年輕人光著上身，在那群酒鬼面前玩跳馬背，惹得他們哈哈大笑。一個年輕男人在他女友跟女同學討論曉明學園[6]的道德課時，把手伸進女友胸罩。一名蓄了白鬍子的蒲隆地老人單腳站立在鸚鵡籠前面，朗誦龍薩[7]的詩句。他的額頭上有一片胎記，因此被取了綽號叫「戈巴契夫」[8]。一群小孩跟一個法蘭德斯人[9]馴養的雌猴玩耍，這個人也住在我們巷子，他很娘，要大家叫他「菲菲」，而他穿的衣服要不是拼布花襯衫，就是非洲長袍。廚房台階上堆滿空酒箱，普羅泰和多納西恩進進出出，把我們家寄放在商鋪的酒搬回來。

我們這群死黨趁著這個大好時候，在庭院裡沒有燈光照射的地方，找到能避開父母視線的安靜角落。我們坐在草地上分享幾根菸，悄悄窺伺燈籠高掛的橡膠樹下方的舞池。艾爾芒拿出兩瓶事先藏在蕨類植物盆栽底下的普利姆斯啤酒。

「馬的，我踩到東西！」艾爾芒說。

「哎，小心，是鱷魚的屍體，」我回道。

在兩首音樂中間的空檔，我們可以聽到咀嚼和吞嚥的聲音。艾柯諾摩普羅斯夫人的臘腸狗正在開心地享用殘餘的死屍。牠們在黑暗中大快朵頤，夥伴們則舉杯祝賀我的十一歲生日。吉諾說：「以後這群臘腸狗會在巷子裡大搖大擺，跟其他狗狗說牠們吃了鱷魚肉！」

我們都捧腹大笑，只有艾爾芒好像注意到某個人正朝我們走近。我把菸弄熄，用手揮掉菸氣。

「什麼人？」我問。

「是我，法蘭西斯。」

「你來這裡幹嘛，」吉諾立刻跳起來說。「滾開！」

「這是全街區的派對，我就住在這區！」法蘭西斯說。「我不知道這有什麼問題。」

「不對，這是我麻吉的生日派對，你沒有被邀請。我再說一次，你滾！」

「是誰在說話？我看不見你呦！喔，是柯達的兒子？那個頭髮髒兮兮的比利時人！你叫什麼名字來著？」

「鼎鼎大名的吉諾！你說到我爸媽的時候，口氣放尊重點！」

「你爸媽？我說的只有你爸。我還得問你媽在哪呢！我見過所有人的媽，就是沒見過你媽……」

「所以你是故意來刺探我們的事？」艾爾芒說。「你是在辦案嗎，神探可倫坡[10]？」

「這裡沒有你的份，」吉諾繼續說。「快滾！」

「滾你的鬼！我就是要留在這裡！」

吉諾把頭低下，朝法蘭西斯的肚子撞過去。在漆黑中，他們被鱷魚屍體絆倒。狗兒開始狂吠。我趕忙跑去通知大人，艾爾芒則迅速把香菸和啤酒藏起來。賈克和我爸打著手電筒過來。法蘭西斯和吉諾渾身都是鱷魚的內臟，他們終於被拉開以後，大夥指責法蘭西斯主動挑釁。爸爸抓住他的領口，把他攆到大門外。受到羞辱的法蘭西斯一邊朝大門丟石頭，一邊大叫說我們會爲此付出代價。我跟夥伴們一起送給他一個「光榮之臂」[11]，然後把褲子拉下，用屁眼目送他。那群法國志願役在旁拍手叫好。所有人笑個不停，但忽然間賈克驚呼：

「馬的，我的打火機呢？我的打火機呢？」

大家馬上想到法蘭西斯。

「把那個壞蛋抓起來！」吉諾叫道。

爸爸派伊諾桑去抓人，不過他空手而回。

這個插曲就此告一段落，派對重新熱鬧起來。就在氣氛high到最高點時，忽然間卻停電了。上百名賓客的舞步戛然而止，現場響起一陣「噢——」的抱怨聲。他們渾身是汗，擊掌跺腳，並大聲呼喊我的名字：「加比！加比！」要求音樂重新播放。人人已經準備好大肆狂歡，突如其來的停電無法澆熄他們瘋狂作樂的欲望。有人提議搬出眞正的樂器來演奏，讓派對繼續下去。話才說完，一堆人就搶著行動：多納西恩和伊諾桑飛快衝到社區裡找鼓，雙胞胎把他們爸爸的吉他拿來，一名法國志願役從他的雷諾四號汽車後車廂取出一把喇叭。這時刮起一陣水氣飽滿的微風，感覺相當舒服。我們聽到遠處的湖岸傳來悶響，雷鳴逐漸逼近。有些人開始擔心，尤其是那些上了年紀的，他們預期不久後就會下雨，於是囑咐大家把桌椅收拾起來。多納西恩即興奏出一曲布拉卡音樂[12]，打斷了這場爭論。閃電不時劃過夜空，來賓靦腆地重新動了起來。酒鬼們開始用叉子和小湯匙敲啤酒瓶，充當布拉卡旋律的伴奏，這時連蟋蟀都安靜了下來。接著喇叭加入吉他，掀起一陣歡呼和口哨聲。賓客再次啓動舞步，興致比先前更加高昂。小狗被整個場面嚇壞了，牠們夾著尾巴，趴到桌子底下，頃刻間，天空轟然炸開，聲響、亮光、陣風、爆裂聲交雜一片。鼓聲咚咚出場，進一步加速了音樂節奏。沒有人抗拒得了這狂亂音樂的召喚，它像個善意的神靈，操縱著我們的身體。喇叭吹得有氣無力，設法跟上敲擊樂器的節奏。普羅泰和伊諾桑一起在緗緊的鼓皮上敲打，他們使出渾身解數，臉部肌肉跟著緊緗起來，淋漓汗水從光亮的前額往下流淌。賓客用手打節拍，又用腳踏地補上副拍，揚起庭院中厚厚的塵土。音樂節奏跟我們的太陽穴跳得一樣快，躍動的頻率層疊交錯。風吹了起來，庭院中樹木婆娑起舞，我們看到枝椏翩然搖動，聽見樹葉沙沙作響。電光在空中馳騁。空氣中飄著潮濕泥土的氣息。燥熱的雨水即將落下，來勢洶洶，迫使眾人火速收拾桌椅餐具，然後衝到屋簷下的涼廊躲雨，眼看熱鬧派對被沖散在嘩啦啦的傾盆大雨中。我的生日派對很快就會結束，趁著驟雨前的短暫片刻，我享受這懸浮在夜幕中的幸福時光，音樂與我們的心靈拍打相同韻律，填補我們之間的空缺，禮讚我的十一歲，它的存在、它的當下、它的永恆，就在這裡，在這棵宛如神廟般爲我守護童年的大橡膠樹底下。這時我打從心底知道，人生的事終究都會變好的。

譯註

1法國的「六年級」其實相當於初級中學一年級，因此「升六年級」算是大事。在法國學制中，小學分五個年級：預備班、基礎班第一年、基礎班第二年、中級班第一年、中級班第二年。中學分七個年級，而且是倒過來計算，初中是第六級（即譯文中的「六年級」）、第五級、第四級、第三級，高中是第二級、第一級和終業級。其後是高中畢業會考，及格者得申請進入大學就讀。

2瓦隆地區（Wallonie）指比利時南部的法語區。

3菲力普・狄約勒沃（Philippe de Dieuleveult，一九五一－一九八五），法國記者、電視節目主持人，據信亦為法國情報工作幹員。一九八一年起主持天線二台探險節目《尋寶大冒險》（*La Chasse aux trésors*），八五年赴薩伊拍攝節目時，與一組團員在剛果河上乘橡膠艇行經因加（Inga）水壩一帶時全部失蹤。失蹤原因眾說紛紜，至今未有定論。

4蘇庫斯（soukouss）是一種剛果盆地流行的舞曲音樂，其風格由倫巴舞衍生而來，名字則源於法文字secouer，即「搖擺」之意。

5大加雷樂隊全名大加雷與非洲爵士樂隊（Le Grand Kallé et l'African Jazz），經常簡稱為「非洲爵士樂隊」，是前比利時所屬剛果最早的專業音樂團隊之一。「大加雷」是創辦人約瑟夫・卡巴賽勒・洽瑪拉（Joseph Kabasele Tshamala）的別名。早期樂團曲風以恰恰、倫巴為主，後來逐漸轉為蘇庫斯。一九六〇年即獲邀赴歐演出，是最早讓歐洲人認識現代非洲音樂的團體之一。

6曉明學園（Stella Matutina），位於布瓊布拉的天主教學校，是當地的頂尖名校之一。其校名 Stella Matutina為拉丁文，意指「黎明破曉之星」，代表黑暗中的希望，是聖母瑪利亞與耶穌基督的象徵。

7皮耶・德・龍薩（Pierre de Ronsard，一五二四－一五八五），法國詩人，文藝復興時代的重要詩文作家。十九歲時成為神職人員，但因愛慕美麗女子卡桑德拉，開始創作愛情詩，作品大獲成功，並被譽為「詩人中的王子、王子中的詩人」。

8 戈巴契夫全名為米哈伊爾・謝爾蓋耶維奇・戈巴契夫（俄語拉丁拼音：Mihail Sergeyevich Gorbachov），一九三一年生，蘇聯政治家，曾任蘇聯共產黨中央委員會總書記（蘇聯最高領導人），一九九〇至九一年間出任唯一一任蘇聯總統。戈巴契夫在總書記任內厲行開放改革，一九八七年及一九八九年兩度當選美國《時代》雜誌年度風雲人物，一九九〇年獲頒諾貝爾和平獎。戈巴契夫的前額有一個顯著的胎記，是他的「正字標記」。

9 法蘭德斯人是西歐法蘭德斯地區的居民，也可按法語名稱 Flamand 或荷語名稱 Vlaming 譯為佛拉芒人、佛萊明人。法蘭德斯人是日耳曼民族之一，使用與荷蘭語極為近似的法蘭德斯語（佛萊明語）。現今法蘭德斯地區大致相當於比利時北部，人口占全國百分之六十左右，比利時南部則為使用法語的瓦隆地區。

10《神探可倫坡》（*Columbo*）是美國的一個電視電影系列，由彼得・福克（Peter Falk）主演，自一九六八至二〇〇三年共推出六十九集，每集獨立成篇，講述洛杉磯刑警可倫坡憑藉敏銳推理能力成功破案的故事。可倫坡的名言是：「世上沒有完美犯罪。」

11「光榮之臂」（bras d'honneur）是源自拉丁國家的一種羞辱手勢，含意類似握拳豎中指（法文中豎中指的猥褻動作稱為「光榮指」〔doit d'honneur〕）。具體動作是將一隻手臂向上彎曲成L形，伸另一隻手抓住上臂。也稱作「伊比利亞式拍擊」、「義式行禮」等，或以西班牙文稱為「砍袖子」（corte de manga）。

12 布拉卡音樂（Brakka music）是一種流行於一九四〇年代的城市音樂，演奏樂器以吉他、長笛及敲擊樂器為主，音樂元素汲取自東非的一些音樂傳統。Brakka 一字是史瓦希里語 bra（開始）與 ka（無窮、心靈）的結合。

15

放暑假比失業還糟糕。連續兩個月，我們待在社區裡無所事事，設法找樂子消磨百般無聊的每一天。縱使我們偶爾玩得挺開心，我還是得承認我們跟累垮的巨蜥一樣悶得發慌。時令進入乾季，河流只剩一絲細水，不可能跳進去涼快。芒果被暑氣烘得乾癟萎縮，沒法拿去賣錢。水上俱樂部則太遠，假如每天下午都去那裡，眞的太累人了。

重新開學的時候，我覺得好開心。爸爸現在會把我送到大人的校門。我上初中了，跟我那群死黨同班，新生活就此展開。每星期有好幾天下午我們得上課，我開始上一些新的課程，例如自然、英文、化學、造型藝術。有些同學在暑假期間前往歐州或美國度假，回來時穿著時髦的衣服和鞋子。起初我壓根兒沒注意這件事，不過吉諾和艾爾芒會眼睛發亮，喋喋不休地談論。那股渴望逐漸轉化成一種偏執，後來連我都受到感染。自此以後，我們的話題不再是彈珠，而是服裝和品牌。只不過，想要擁有這些東西，得有錢才行。很多錢。就算我們把整個社區的芒果摘來賣，也買不起上面勾了個逗號形狀那種鞋子。

從歐美國家度假回來的那些同學說，那邊的商店街有好幾公里長，球鞋、T恤、運動衫和牛仔褲堆積如山。比較起來，布瓊這裡幾乎什麼都沒有，只有市中心那家櫥窗裡沒擺幾樣東西的巴塔鞋店，不然就是賈貝市集那些攤子，他們賣的不是有破洞的銳跑充氣鞋（Reebok Pump），就是連品牌名稱都寫錯的仿冒品。我們一直以來都沒機會穿這種東西，覺得很難過。這種感覺使我們的內心起了變化，我們開始暗中討厭擁有這些東西的人。

多納西恩注意到我對品牌的新嗜好，還有我會開始說學校裡某些有錢人家小孩的壞話。他告訴我，嫉妒是一種宗罪[1]。我把他的說教當成耳邊風，並且生平第一次比較想跟伊諾桑講話，他可以靠關係幫我用比較便宜的價錢拿到我朝思暮想的商品。學校同學開始根據新的一套標準組成小圈圈；那些「擁有」的人自成一國，不跟其他人打交道。

艾爾芒是個例外。他既沒有時髦衣物也沒有高級香水，不過他能逗人笑。這種能力讓他可以跨越不同圈圈之間的隱形界線，打進時髦圈子。吉諾看到艾爾芒在中庭的福利社附近跟他那些新朋友聊天時，心裡很不是滋味。

某天晚上，我們兩個在緬梔樹下聊天，躺在衛哨的草蓆上，拿青芒果片蘸粗鹽吃。他忽然說：

「艾爾芒是兩面人。他在學校幾乎不跟我們講話，可是一回到巷子，我們卻又變成他最好的朋友。」

「他想把握機會，這是很自然的事。自從開學以來，每次有人辦趴，都會邀他參加。雙胞胎甚至跟我說，他吻了一個女生的嘴巴！」

「眞的假的？有用舌頭嗎？」

「我不知道，不過至少他玩得很開心，而我們只能在巷子裡混。假如我有機會跟著他玩，我不會猶豫。」

「難道連你也覺得和我們這一掛混很丟臉？」

「不是這樣，吉諾。你們是我一輩子最好的朋友！可是學校裡沒人理我們，那些女生不把我們看在眼裡，所以你也知道……」

「總有一天他們會看見我們的，加比，而且他們統統會怕我們。」

「可是你爲什麼要他們怕我們？」

「爲了得到尊重。你懂嗎？這是我媽一直告訴我的話，一定要得到別人的尊重。」

聽到吉諾提起他媽媽，我覺得很訝異。他從來不談媽媽的事。他的床頭櫃上放了一些有紅白藍邊緣的信封，每星期都會寫信寄給媽媽。可是他從來不曾去盧安達，雖然只要搭幾個小時的車就能去到那裡；他媽媽也從來不曾來過布瓊布拉。他說，目前的政治情勢使他們暫時無法這麼做，不過有一天，當和平重新降臨，他就會去基加利，跟他的爸爸媽媽一起住在一棟大房子裡。想到吉諾隨時可以離我而去，拋下我們這群死黨，離開我們巷子，我覺得很傷心。跟媽咪、外婆、帕西斐克、外曾祖母蘿莎莉一樣，吉諾夢想著有朝一日光榮地回到盧安達，而我爲了不讓他們失望，也假裝跟他們一起做夢。可是在我的內心，我祈禱一切都不會改變，盼望媽咪回家，生活回到從前的樣子，而且永遠都會是那樣。

我正在想這些事，這時忽然響起一陣隆隆聲。吉諾的爸爸像受驚的母羊般衝出房子，大聲叫我們遠離牆壁，跟他一起待在庭院中央。他的樣子彷彿剛見了鬼，我們覺得好笑，起身跟了過去，只是搞不清楚到底發生了什麼事。幾分鐘後，我們發現沿著車庫的整面牆壁出現了一條大大的裂縫，這下我們才恍然大悟。大地在我們腳底下以難以察覺的方式移動了。在這個國家、在世界上的這個地區，大地每天都在做這件事。我們生活在東非大裂谷的軸線上，非洲就沿著這條線裂開。

這個地區的人民跟這塊土地一樣。在平靜的外表下，在吟吟笑容和樂觀詞藻的表象底下，一些潛藏在底層、隱晦難辨的力量持續運作，不斷醞釀各種暴力陰謀、毀滅計畫，像超級颶風般每隔一段時間就會爆發：一九六五、一九七二、一九八八。陰森可怖的幽靈以相當規律的間隔不請自來，提醒大家和平不過是兩場戰爭之間的短暫過渡。充滿毒素的岩漿、洪流滾滾的血河，已經準備好再度湧向地表。點燃火海的鐘聲已然敲響，黑夜即將放出虎豹豺狼，只是我們還未能發覺。

譯註

1基督教將人類的主要惡行分成七種，稱為「七宗罪」（或稱七罪宗、七大罪、七原罪），通常指傲慢、貪婪、色欲、嫉妒、貪食、憤怒及怠惰。與此相對的是「七美德」：貞潔、節制、慷慨、勤勞、耐心、寬容、謙卑。

16

我還沉浸在淺淺的睡夢中，忽然間感覺有人在摸我的頭。起初我以為是老鼠在啃我的髮捲；爸爸開始在屋內各處放置捕鼠器以前，這是三不五時就會發生的事。然後我聽到一陣低語：「加比，你在睡覺嗎？」安娜的聲音終於使我清醒過來。我睜開眼睛。我們的房間一片漆黑。我用左手拉開窗簾，一道月光穿透紗窗，照亮我的小妹妹那張驚恐的臉龐。「加比，那是什麼聲音？」我不懂她的問題。夜晚平靜祥和，我只聽到在我們房間上方天花板夾層裡築巢定居那隻貓頭鷹的叫聲。我在床上坐起來，等了一陣子，之後幾個低沉響聲接二連三地傳來。「好像是槍砲聲……」安娜爬進我的床，依偎在我身邊。爆炸聲和機關槍射擊聲停歇後，接下來是一陣令人心慌的沉寂。家裡只有安娜和我兩個人。最近這陣子爸爸經常在外過夜，伊諾桑說他在跟一名年輕女子交往，她住在平民城區布維薩，就在他家後面那條街。這個消息讓我很難過，因爲自從媽咪和爸爸重新開始講話以後，我一直希望他們能復合。

我按了手錶上的照明燈按鈕，看到錶盤顯示時間是凌晨兩點。每當爆炸聲又起，安娜就把我抱得更緊。

「發生什麼事了，加比？」

「我不知道……」

砲火聲在清晨六點左右終於完全停止。爸爸還是沒回來。我們起身穿上衣服，打點上學要用的書包。普羅泰也不在。我們把早餐桌擺上露台。我泡了茶。鸚鵡在籠子裡翻筋斗。我在整個庭院裡找人，可是一個影子也沒見著。連夜班守衛也消失無蹤。吃完早餐以後，我們把餐桌收拾好。我幫安娜梳頭。房子裡仍舊沒有其他人。我觀察大門口的情況，這時我們家的僕人應該要出現才對。可是毫無任何動靜。我們坐在門口的台階上，等伊諾桑或爸爸來。安娜從她的書包取出數學作業本，開始背九九乘法表。房子外面的馬路上沒有任何行人或汽車。到底發生了什麼事？他們都到哪去了？我們聽到附近傳來古典樂的聲音。這天是星期四，可是整個社區比星期天早上還安靜。

最後終於有輛車開來了。我聽出是爸爸那輛帕傑羅的喇叭聲，趕緊衝出去開大門。爸爸臉色凝重，眼睛下方有黑眼圈。他從車子裡走出來，問我們好不好。我點點頭，可是安娜賭氣不回答，心裡埋怨他整個晚上把我們丟在家裡。爸爸快步走進客廳，打開收音機。我們聽到古典樂的聲音，跟外面傳來的曲調一模一樣。他把手擱在額頭上，連續說了好幾次：「他馬的！他馬的！他馬的！」

後來我才知道，發生政變時收音機播放古典樂是這裡的傳統。一九六六年十一月二十八日，米歇爾・米孔貝羅[1]發動政變時，收音機播放的是舒伯特的《二十一號鋼琴奏鳴曲》；一九七六年十一月九日，尚—巴普提斯特・巴加札[2]發動政變時，播放的是貝多芬的《第七號交響曲》；一九八七年九月三日，皮耶・布約亞發動政變時，則是蕭邦的《C大調波麗露舞曲》。

這天是一九九三年十月二十一日，我們聽到的是華格納歌劇《諸神的黃昏》。爸爸用大鐵鍊把大門關上，並用好幾個大鎖鎖緊。他命令我們不准走出房子，而且要遠離窗戶。然後他把我們的床墊安放在屋內的走道，以免被窗外的流彈擊中。我們一整天就這樣躺在地上。其實滿好玩的，感覺好像在自己家裡露營。

爸爸跟平常一樣關在房間打電話。下午三點左右，我跟安娜玩紙牌，爸爸在他房間打電話，這時我聽到廚房傳來刮東西的聲音。我悄悄跑過去看，是吉諾，他上氣不接下氣，站在鐵柵外面。我低聲告訴他：

「我沒法開門讓你進來，我爸把房子鎖了兩道鎖。你是怎麼進到我們家院子的？」

「從籬笆上面爬過來的。反正我也不會待很久。你知道消息了嗎？」

「知道了，發生政變，我們聽到收音機播放古典樂。」

「軍人把新總統殺了。」

「什麼？我不相信……你得發誓你不是在胡說。」

「我發誓！一位加拿大記者打電話告訴我爸這件事。是軍方發動的政變，他們也殺了國民議會主席和其他政府大老……據說內陸地區已經開始屠殺了。你知道最精采的是什麼事嗎？」

「不知道。又怎麼了？」

「阿提拉跑掉了！」

「阿提拉？你是說馮戈曾那匹馬？」

「答對了！很離譜吧？昨天夜裡，一顆子彈掉在馬術俱樂部的馬廄附近，在總統官邸後面。一棟建築物起火燃燒。馬匹非常驚慌，阿提拉發狂了，牠直立起來，瘋了似地嘶吼，牠開始狂踢欄門，門閂被牠踢爆，牠跳過圍欄跑到街上，後來就不見了……你沒看到今天早上馮戈曾夫人的樣子……她穿著睡衣跑到我們家，頭髮上還別了一堆夾子，眼睛哭得紅紅腫腫。太好笑了！她要我爸利用他的關係把馬找回來。我爸一直說：『馮戈曾夫人，現在都發生政變了，我不可能幫上忙，連總統都保不住自己啊！』可是她不斷堅持：『一定要把阿提拉找回來！你跟聯合國聯絡！聯絡白宮！克里姆林宮！』總統被刺殺對她來說不痛不癢，她只關心那匹天殺的馬。眞是個種族歧視的老狗娘！我受夠了那些殖民者！他們養的動物比人命還重要。好吧，加比，我得走了。接下來的發展……請收看續集。」

吉諾跑步離開。從他的模樣看來，現在的局勢令他非常興奮，幾乎可以說他很高興發生嚴重的事。我自己的感覺則是一片茫然，難以領會這一切。總統被刺殺……我想起爸爸在恩達達耶勝選那天說的話：「他們遲早會爲這個羞辱付出代價。」

這天晚上，我們早早就上床睡覺。爸爸菸抽得比平常多。他也把他的床墊搬到走道上，一邊聽那台小收音機，一邊撫摸安娜的頭髮。安娜已經睡得很熟，只有一根蠟燭照亮我們，朦朧地勾勒出室內的線條。

晚上九點左右，古典音樂停了。一名播報員用法語播報新聞，他每說一個句子就要清一次喉嚨，聲音平板單調，彷彿在宣布一場本地排球賽的成績，跟情勢的嚴重性形成強烈對比。「國家公共安全委員會做出以下決定：全國從下午六點到上午六點實施宵禁；關閉國界；禁止民眾前往不同行政區；禁止三人以上集會；委員會呼籲民眾保持冷靜……」播音員還沒把清單念完，我就睡著了。我夢到火山噴發的硫磺氣體形成一小朵柔軟舒適的雲，我躺在上面，睡得又香又甜。

譯註

1米歇爾．米孔貝羅（Michel Micombero，一九四〇—一九八三），蒲隆地圖西族政治家、獨裁者，一九六六年至一九七六年擔任該國第一任總統。米孔貝羅曾出任蒲隆地王國（Royaume du Burundi）國防部長，一九六六年七月與夏爾王儲（Prince héritier Charles）合作廢黜國王姆瓦姆布察四世，立夏爾王儲為新國王恩塔雷五世，自己出任首相兼任國防及內政大臣。同年十一月二十八日又發動軍事政變，推翻恩塔雷五世，宣布成立蒲隆地共和國，擔任首任總統，兼任總理及國防部長。一九七六年十一月被尚—巴普提斯特·巴加札發動的軍事政變推翻，一度遭軟禁，隔年獲釋後流亡索馬利亞。

2 尚—巴普提斯特·巴加札（Jean-Baptiste Bagaza，一九四六—二〇一六），蒲隆地圖西族政治家。巴加札在一九七六年十一月九日發動政變，推翻米孔貝羅，隔日出任總統。一九八七年九月在海外旅遊時，皮耶·布約亞發動軍事政變，巴加札遭罷黜，被迫流亡他國。

17

我們接連好幾天睡在走道，整天不出家門一步。法國大使館的一名憲警打電話給爸爸，囑咐他絕對要避免外出。媽咪住在市區高地的朋友家，她每天都會打電話來問平安。廣播報導說中部地區發生了大規模屠殺。

接下來那個星期，學校恢復上課。市區出奇地平靜。幾家商店重新開張，不過公務人員還沒回到工作崗位，部會首長則仍舊躲在外國大使館或鄰近國家避難。經過總統府前面時，我看見受損的圍牆，那是市區唯一看得到的戰鬥痕跡。在學校裡，同學互相描述政變那天晚上發生的事，槍砲射擊，炸彈落下，總統遇害，把床墊搬到走道上睡覺。沒有人覺得害怕。對我們這些住在市中心和住宅區的優渥小孩來說，戰爭還只是個詞彙。我們聽到一些事，但什麼都還沒看到。生活一如往常，我們照樣開趴、談戀愛、追求名牌和時尚。我們家裡的傭人，我們的父母雇用的員工，那些生活在平民區、布瓊布拉農村區、蒲隆地內陸地區的人，他們不會接到來自任何大使館的安全指示，不會有任何警衛保護他們的房子，不會有司機接送他們的小孩上下學，他們靠雙腳、自行車和公車行動，那些人才能切身領會時事的眞相。

我下課回家時，普羅泰正在廚房桌邊剝豌豆莢。我知道他把票投給了恩達達耶，也看到恩達達耶勝選時他有多高興。這下我幾乎不敢看他。

「普羅泰，你好。最近怎麼樣？」

「加布里爾少爺，請你原諒我，我沒力氣說話。他們把希望殺死了。他們把希望殺死了，我只能這樣跟你說。眞的，他們把希望殺死了……」

我離開廚房時，他還在重複叨念著。

吃完中飯以後，多納西恩和伊諾桑送我回學校。在穆哈橋附近的大馬路上，我們跟一輛軍隊的裝甲車交錯而過。

「你們看那些軍人，他們只會胡搞瞎搞，」多納西恩露出無奈的表情說。「起初他們鬧政變，把總統殺掉，現在發現民心沸騰，內地一片火海，血流成河，他們卻又往後退縮，還要政府回來滅火。根本是他們自己點的火啊！可憐的非洲……但願上帝會來幫助我們。」

伊諾桑不吭一聲，他只顧開車，雙眼直視前方的馬路。

時間過得比以前快了，因爲宵禁措施要求所有人在下午六點天黑以前回到家。晚上，我們一邊喝濃湯，一邊聽廣播報導各種令人憂心的消息。我開始思考爲什麼有人沉默不語，有人話中帶話，還有人忙著含沙射影、發表預言。這一切到底意味著什麼？這個國家到處是竊竊私語和難解的秘密，有太多我不明白的嘆息和眼神，太多無形的隔閡與嫌隙。

日子一天天過去，戰爭在鄉村地區繼續肆虐。許多村莊被蹂躪、焚毀，學校遭到手榴彈攻擊，校內學生被活活燒死。數十萬民眾逃往盧安達、薩伊或坦尚尼亞。在布瓊布拉，人們談論邊境地區的衝突。夜裡，我們聽到遠處的砲火聲。普羅泰和多納西恩經常沒來上班，因爲軍隊屢次前往他們住的街區進行掃蕩。

我們家還平靜無事，從這裡看出去，那一切顯得非常不眞實。我們的巷子跟往常一樣，彷彿在慵懶沉睡。午休時分，我們會聽見鳥兒在枝頭啁啾，微風吹拂，樹影婆娑，高大雄偉的老橡膠樹爲我們帶來一片蔭涼舒爽。什麼也沒改變。我們繼續遊樂、探險。大雨又落下。植物恢復鮮亮健康的色澤。成熟的果實重得讓樹木彎了腰，河水重新漲到最高流量。

一天下午，我們五個人又光著腳在外頭遊蕩，手裡抓著竹竿，到處找芒果。吉諾提議到比較遠的地方去，因為我們已經把巷子從頭到尾搜刮一遍了。我們又來到法蘭西斯家的籬笆前。我忽然有種不好的預感。

「我們別待在這裡，會惹禍上身的。」

「得了吧，加比，別當膽小鬼，」吉諾回道。「這棵芒果樹屬於我們。」

艾爾芒和雙胞胎猶疑不定地交換眼神，可是吉諾很堅持。我們小心翼翼地踩著砂石，沿著這條巷子慢慢前進。要進到他們家那塊地很簡單，因為根本沒有大門。房子蓋在一座小山丘頂端，看起來很陰森，牆壁斑駁剝落，涼廊吊頂的石膏板布滿濕氣造成的汙跡，而且一塊塊都已經翹曲變形。芒果樹的枝椏在整個庭院上方伸展。我們往那裡走近。窗柵後面的紗窗很髒，讓我們無法辨識屋內情況。每扇門都關著，整個地方感覺起來安靜得過頭。我們在大樹底下停了腳步，吉諾鉤下一顆芒果，然後是第二顆，然後是第三顆。他的長竿翻動枝葉，彷彿大群犀鳥襲擊。我繼續維持警戒。

突然間，我覺得好像瞥見一個影子在布滿灰塵的紗窗後方悄悄掠過。「等一下！」我們都靜止不動，仔細觀察房子。周遭一片寂靜，只聽到庭院後方的穆哈河流水潺潺。吉諾又開始打芒果。艾爾芒在旁為他加油，每當有一顆碩大的果實掉在草地上，他就會跳起蘇庫斯舞。

雙胞胎和我保持警覺。一隻鳥在我們背後振翅飛過。我們轉身往後看。艾爾芒和雙胞胎最先開溜，以光速朝大馬路跑去。然後吉諾也拔腿飛奔，我不假思索，跟在他後面逃跑。我們繞過房子，衝下穆哈河岸的坡地。我有如獵物被追時那般恐懼。我不確定法蘭西斯是不是在追我們，於是回頭查看。說時遲那時快，他的拳頭擊中我的臉，我一下就摔倒在石子地上。然後是一陣拳打腳踢，彷彿一群黃蜂在攻擊我。吉諾出聲大喊，試圖保護我。我看到他也倒在地上，距離我只有幾公分。有隻手揪住我們，把我們拖到河邊，然後法蘭西斯把我們的頭按進充滿汙泥的褐色河水中。我無法呼吸，我的臉摩擦到水底的石頭。無論怎麼掙扎，我都無法脫身，法蘭西斯的手彷彿老虎鉗，幾乎快要把我的脖子軋碎。他把我拉回水面時，我聽到他的一兩句話。「到別人家院子偷東西很不好。你們爸媽沒教，對不對？」然後他又把我的頭朝下壓進水裡，那種瘋狂的怒火使我全身的骨頭都癱瘓掉。一切變得模糊不清。我用手死命掙扎，設法抓住某個東西，樹枝、浮標、希望，什麼都好，但是徒勞無功。我用手指在河床的地面上又刨又刮，彷彿在尋覓其他活路，找到某個藏在水底的密道入口。水灌進我的耳朵、鼻孔。他的聲音變微弱了，繼續不斷傳來，但跟把我緊扣在水裡的蠻力相比，那聲音顯得柔和極了。「一群被寵壞的屁孩，大哥來教教你們怎麼好好做人。」法蘭西斯不只要讓我窒息，他還試圖把我打昏。我的額頭撞到地面。我只剩下一種本能：盡快呼吸到空氣。空氣在哪？我就快要窒息了，肺部乾癟地縮成一團。我的心臟在恐慌中狂跳，幾乎隨時要從我的嘴裡蹦出來。我聽到自己的悶叫聲彷彿在遠方迴盪。我呼喚爸爸媽媽。他們到底在哪？法蘭西斯不是在鬧著玩。毫無疑問，他打算置我於死地。原來這就是所謂的暴力？恐懼與驚慌被活生生地攫住。他猛然又把我的腦袋從水裡拉起來，我聽到一句：「你們的狗娘都是白人的婊子！」然後我又灌了一大口水。這場仗我打輸了。我的肌肉已經氣力全失，慢慢變得鬆弛，在十公分深的水中，我認命了，任憑法蘭西斯的聲音纏繞著我，無可察覺地讓自己的身體往下滑落。暴力和主宰完全屬於他，我只有恐懼和屈從的份。

可是吉諾不要就這樣溺死。他使盡全力反抗——反抗那河水，反抗法蘭西斯的叫囂。他看得比較長遠。十一月的時候，他還要摘芒果，還要用長長的香蕉葉造艦艇，順著河水開去。這場全新的暴力不但沒把他嚇壞，甚至沒讓他覺得驚奇。他只是奮力挑戰。縱使他現在憑法蘭西斯擺布，他仍舊以平等姿態對應。他會回應、頂嘴、反擊。我隱約瞥見他脖子上的青筋鼓脹得像一條條內胎。「不准侮辱我媽！不准侮辱我媽！」我感覺施加在我脖子上的力道鬆開了。法蘭西斯試圖全力防堵吉諾越來越強大的能量。他需要兩條手臂、兩個手掌，需要用上兩個膝蓋才能按住他的背。我終於讓肺臟得到一點空氣。我先用四肢撐地，然後背朝下垮在地上。我咳個不停。湛藍的天空亮得過頭，炫目的陽光令我頭昏眼花，我閉上眼睛，匍匐前進，把頭靠在一根倒在地面的香蕉樹幹上。我的一個耳朵被塞住了。

「任何人都沒有權利侮辱我媽！」吉諾重複說著這句話。

「才怪，我說有就有。你媽是個婊子。」

法蘭西斯又把吉諾的頭壓進褐色的水裡，剛剛我差點就那樣認命的。這時正是午休時間，一天當中氣溫最高的時候。街上空無一人，遠處的橋上沒有一輛汽車開過。香蕉樹的樹皮像軟軟的海綿，讓我昏昏沉沉的腦袋可以在上面依偎。我又吐掉一些水，然後才一邊咳嗽，一邊驚慌地叫起來。法蘭西斯片刻也不鬆手，繼續狂整吉諾，那模樣活像洗衣婦在河邊拉東扯西閒談，同時不斷將衣物甩進水裡清洗。他每說完一句話，吉諾的頭就會消失在河水的泡沫中。「你的婊子媽到底在哪？我們在社區裡從沒看過她……」吉諾猛力吸了幾口氣，然後又沒入水中，像魚兒上鉤後被扯進水裡的浮標。他在水面下吼叫，腦袋四周捲起一個個小漩渦。「你那個婊子媽在哪？」法蘭西斯一直重複，吉諾越來越透不過氣，我更加死命地喊他住手，但法蘭西斯反而更使勁地重複同樣的動作，一遍遍地逼問同樣的問題。吉諾逐漸失去力氣。

他開始放棄了。

我終於站了起來，打起足夠精神，設法阻止法蘭西斯，這時吉諾含糊地吐出兩個字：「死了。」我清清楚楚地聽出這兩個字。他略帶哽咽地又說了一次：「我媽死了。」

稍遠處，橋上站了一名老翁，他倚靠在欄杆上，頭上戴著黑帽，手裡打著一把彩虹傘，金屬傘尖像耶誕樹的星星那般閃閃發光。上了年紀的人喜歡看小孩在河裡玩水，他們知道自己再也不可能那樣玩。法蘭西斯向他打了個手勢，不過對方沒回應。他繼續看著我們，片刻後才踩著小步繼續前行，頭戴黑帽、手持彩色傘的身影慢慢遠去。法蘭西斯從我前面走過。我往後退了一步，不過他看也沒看我一眼，人就走開了。我跑到吉諾身邊。他渾身衣物濕答答的，正坐在河邊哭。他把頭埋在雙腿間，不斷抽噎。一切顯得比先前更平靜。河水在我們前面悠悠流過，冷漠得近乎殘酷。我想安慰他，於是把手放上他的肩膀。但吉諾把我推開，猛然起身，朝馬路的方向跑去。

我一個人繼續坐在水邊。我的耳朵終於通了。城市的喧囂又逐漸出現了。中國製的腳踏車打著鈴鐺，涼鞋底刮過人行道的硬土，小巴士的輪胎在被曬得熱滾滾的柏油路面嘎吱作響地滾動。一切又變得生氣蓬勃。橋上人車來來往往。一股冷峻的怒氣在我的心頭升起。我的嘴裡流著血，雙手和膝蓋都是擦傷。我在穆哈河裡清洗傷口。

怒氣告訴我要對抗自己的恐懼，設法讓它不再蔓延。那份恐懼使我放棄了太多東西。我決定跟法蘭西斯來個硬碰硬。我回到他家院子，準備拿回我們的竹竿。他站在門口，我走近時，他出言威脅。我感覺到舌頭上的血，鹹鹹的，味道像鹽。我停下腳步，定睛直視他的雙眼。我盯著他很長一段時間。他擺出傲慢的笑容，一動也不動。他就這樣待在他家的台階上。他把我的頭按進水裡的時候，我很怕他。現在我不怕了。我的嘴裡有鮮血的味道，可這算不了什麼，比起吉諾的啜泣，這真的不算什麼。只要把血吞進去，我們就會忘記它的味道。可是吉諾的眼淚呢？憤怒取代了恐懼，我再也不怕自己會出什麼事。我拿起竹竿，把芒果留在身後。我知道，不會有人去撿那些芒果，不過我覺得這無關緊要。憤怒在我的內心益發洶湧，我完全不在乎芒果會在茵茵綠草中腐爛。

18

那天以後，吉諾開始躲著我。艾爾芒和雙胞胎不知道那天在河邊發生的事，我讓他們以為我們跟他們一樣逃掉了。吉諾流淚的情景在我的心頭縈繞不去。他媽媽眞的死了嗎？我不敢問他這個問題。現在還不敢。我們正在度過一段飄搖不定的日子。時間一星期一星期過去，感覺總像山雨欲來。每天都會出現一批新的傳言、暴力事件和安全指示。蒲隆地仍舊沒有總統，一部分政府部會繼續在地下運作。不過酒館裡，眾人照樣暢飲啤酒、大口吃羊肉串，彷彿這樣就能抵擋對明天的憂慮。

首都被一個新的現象盤據。大家把它稱作「死城日」。有人會在市區發放傳單，籲請民眾在某天或某幾天不要出門。這些特定日子來到時，一批年輕人會集結成群，走上街頭執行任務，他們在軍警單位的默許下，在各城區的主要幹道設置路障，並攻擊膽敢離開家門的行人或車輛，包括對他們投擲石塊。於是全城籠罩在一片恐懼中。商店關門歇業，學校停止上課，流動商販消失無蹤，所有人設法緊閉在家。「死城日」導致全城癱瘓，隔天，民眾忙著清點水溝中的屍體，清理路上的石塊，然後生活又像平常一樣開展。

爸爸失去了方寸。原本他一直設法讓我們遠離政治，但現在他無法再對我們隱瞞這個國家的情勢。他神情憔悴，對他的孩子和事業感到憂心忡忡。內地持續發生大規模屠殺，據說死亡人數已經高達五萬，爸爸只好讓那裡的工地停止作業，並且不得不遣散一大部分工人。

某天早上我在學校時，我們家出了一件事。普羅泰和伊諾桑之間爆發嚴重爭執，原因我不清楚。伊諾桑對普羅泰大打出手。當時爸爸也在場，伊諾桑不肯道歉，而且還威脅所有人，於是爸爸立刻把他解雇。

無所不在的壓力使民眾變得神經緊張。他們對任何聲響都極其敏感，出門在外時總是保持高度警覺，隨時查看後視鏡，確保自己沒被人盯梢。人人處在戒備狀態。有一天，我們正在上地理課，忽然間學校圍牆外面的獨立大道上有車子爆胎，結果全班同學和老師都火速趴到桌子底下。

在學校，蒲隆地本地學生之間的關係起了變化。儘管很幽微，不過我可以意識到這點。

很多玄奧的影射和不明說的話語出現了。要分組的時候，比方說上體育課或爲了做報告，我很快就能感受到某種窘迫不安的氣氛。我一直無法理解這種突如其來的改變、這種明顯感覺得到的尷尬是怎麼出現的。

直到有一天，兩個蒲隆地男同學在課間休息時避開老師和學監的視線，在操場後面大打出手。受到這場爭端的煽動，其他蒲隆地同學一下就分成兩個集團，各自支持不同的人。其中一群人喊：「該死的胡圖人」，另一群人則回罵：「該死的圖西人」。

那天下午，我生平第一次闖進這個國家的深層現實。我發現了胡圖族和圖西族之間的敵對態度，那是一條無法跨越的界線，迫使每個人都得屬於一個陣營或另一個陣營。這種陣營彷彿是幫小孩取的名字，那是某種與生俱來的東西，會永遠跟著我們。胡圖族，圖西族。不是這邊就是那邊。不是正面就是反面。我好像瞎子忽然恢復了視力，開始明白那些過去我一直體會不到的眼神、動作、行爲，那些心照不宣的言語。

戰爭不需要任何人提出要求，自然就會爲我們找到敵人。我想要維持中立，但辦不到。我出生在這樣的故事裡。它在我體內流動，我是它的一部分。

19

我們在盧安達發現一個暴力色彩更濃厚的現實。寒假快結束的時候，我跟媽咪和安娜一起到盧安達參加帕西斐克的婚禮。他是在婚禮前一個星期宣布這個消息的。基加利的情勢越來越不安定，促使他們提早做了決定。外婆和外曾祖母蘿莎莉因爲是難民身分，不能出國，只好留在布瓊布拉。

我們在格雷戈瓦—卡伊班達機場的大廳等歐賽碧姨婆來接我們。歐賽碧是媽咪的阿姨，不過年紀只比她大一點點，她一直不肯流亡國外。媽咪沒有姊姊，所以乾脆把她當成自己的大姊，我也順著叫她姨媽。她的皮膚顏色跟我一樣淺，長長的臉蛋跟家族裡的其他女人類似。她寬寬的額頭往前凸起，耳朵很小，脖子纖長優美，鼻子和眼皮上有些雀斑。她有點暴牙，而且門牙間有縫隙，也就是俗稱的「幸福牙」。她穿了一件長及腳踝的黑色百褶裙，外套上有誇張的墊肩，使她的模樣有點像田裡的稻草人。安娜在她家待過一個星期，不過我是第一次見到她。她激動地把我緊緊抱在懷裡，她的皮膚非常柔嫩，散發乳木果油的清香。

歐賽碧的先生已經不在人世，她住在基加利市中心的一棟房子裡，獨自扶養四個小孩，三女一男，老大十六歲，老么五歲。他們的名字分別是克莉絲泰、克莉絲妲、克里斯強和克莉絲汀。

歐賽碧姨媽的三個女兒飛快衝向安娜，圍著她轉，一步也不離開她身邊。她們把她當成貴賓，或者說是當成她們想在接下來幾天好好疼愛的洋娃娃。她們爭先恐後地要陪她玩，搶著幫她梳理那頭滑順的秀髮，對她們來說，這種髮質充滿異國風情。她們的房間牆壁上掛著安娜在一年多前的耶誕假期過來度假時跟她們合拍的照片。

克里斯強跟我同樣歲數，他用一雙充滿笑意的眼睛快活地打量我。他幾乎跟雙胞胎兄弟一樣愛講話，而且好奇心無人能及。他問了我一千零一個問題：蒲隆地、我的夥伴、我喜歡的運動，他統統都想知道。他對自己在學校擔任足球隊隊長感到很得意，堅持把我拉到客廳，看擺在展示櫃裡的醒目位置那些他們參加校際錦標賽拿到的獎盃和獎牌。他迫不及待地想一睹即將在突尼西亞舉行的下一屆非洲國家盃足球賽[1]，不過他最喜歡的喀麥隆隊沒有通過資格賽，所以他只好支持奈及利亞隊。

吃晚餐時，歐賽碧姨媽跟我們說了很多有趣的往事，讓媽咪笑得直不起腰。她用非常幽默的口吻描述她跟媽咪在少女時代到蒲隆地鄉下的童軍營度假的情形。她把我們家族經歷過的不幸和考驗轉化成一大堆滑稽好笑的故事和高潮迭起的奇遇，她的孩子們則默契十足地在一旁溫情配合，他們拍手叫好、加油打氣，有時還會幫她把故事說完，或替她想出合適的法文詞語。吃完晚飯以後，歐賽碧姨媽要我們刷牙洗澡準備睡覺，小孩子們立刻在一陣笑鬧聲中執行就寢任務。女孩們在浴室裡把牙刷當麥克風，在大鏡子前面又是唱歌又是跳舞。克里斯強換上羅傑．米拉[2]的球衣，他把它當作睡衣。他的房間牆壁上貼滿足球員的海報，上床睡覺前，他喜歡拿球往牆壁上頂著玩。他說，做完這件事以後，他一定會夢到自己在世界盃決賽中獲勝。

歐賽碧姨媽把燈關掉以後，克里斯強沒兩分鐘就睡著了。我也正要進入夢鄉，這時忽然聽到帕西斐克的聲音。我趕緊衝進客廳，滿心期待會看到他身穿野戰服出現，可是他只簡單穿了polo衫、牛仔褲和白色網球鞋。他把我從地上抱起來，高高地舉在頭頂上。「瞧瞧你，小加比！你現在是個男子漢了！你很快就會超過舅舅了！」他還是有著天使般的俊美容貌和詩人那種灑脫氣質，不過他的眼神變了，變得嚴肅了。歐賽碧姨媽手裡拿著一大串鑰匙，正忙著把房子所有的門都鎖上兩道。她從廚房走出來，把客廳的燈泡關掉。一秒鐘後，一只打火機冒出火光，點亮一根擺在茶几上的蠟燭，帕西斐克在媽咪對面的一張扶手沙發上坐下。媽咪要我上床睡覺，因為現在是大人說話的時間。我不情願地拖著腳步走開，不過不是乖乖回床上，而是待在門後面的走道，我在這裡可以觀察他們，可是他們看不到我。歐賽碧姨媽終於也過去坐下時，帕西斐克轉身面向媽咪。

「大姊，謝謝妳這麼快就來。這次事情辦得這麼倉促，真不好意思。結婚的事我沒法等。貞妮他們家信仰很虔誠，非常注重傳統，做事一定要按部就班。所以我們在跟他們宣布孩子的事以前，必須先結婚才行。妳懂我的意思吧？」他眨了一下眼睛，強調最後這個問題。

媽咪停頓了一段時間，彷彿想確認她沒聽錯，然後發出高興的叫聲，把帕西斐克抱進懷裡。歐賽碧姨媽已經知道這個消息了，她在一旁露出燦爛的笑容。然後帕西斐克很快從媽咪懷裡抽身，用憂心忡忡的口吻說：「請妳坐下來，我還有事要告訴妳。」

他的臉沉了下來。他對歐賽碧姨媽抬了一下下巴，姨媽馬上跑到窗邊，迅速往外頭看了一眼，隨即關上百葉窗，把窗簾拉起來。她回來坐在帕西斐克旁邊，她的後面掛了一張用洛可可風格畫框裱起來的漂亮黑白照片，是在相館拍的，上面有她、她丈夫和她的小孩。奇怪的是，在這張全家福上，只有她面帶笑容。

帕西斐克把椅子挪近媽咪，跟媽咪膝蓋碰在一起。他開始用幾乎聽不到的聲音說話。

「依鳳，妳要仔細聽我說。請妳嚴肅看待我現在要告訴妳的事。目前的情勢比表面上看起來的更嚴重。我們的情報單位攔截到一些令人擔心的消息，他們發現某些跡象，讓我們相信這裡有很可怕的事正在醞釀。胡圖族的極端分子不想跟我們愛國陣線分享權力。他們不擇手段要破壞和平協議。他們打算清算所有反對派領袖和民間所有溫和派胡圖族人士，接下來他們會處理圖西族人……」

他停頓下來，看了一下四周，耳朵緊繃，留心傾聽任何不尋常的聲音。外面的蟾蜍以規則的韻律呱呱叫。雖然窗簾已經拉上，不過一盞路燈的暗淡橙色燈光還是透進了客廳。帕西斐克繼續用耳語方式說：「我們很怕全國各地會發生大屠殺。一旦發生，它的規模會讓以前的屠殺顯得像是簡單的預演。」

燭光將蠟燭的影子投射在牆上。昏暗的光線使他的五官朦朧不清，他的眼睛彷彿懸盪在黑暗中。

「他們在每個省發放開山刀。基加利囤積了很多武器，民兵在正規軍支持下操練，他們在所有社區分發他們打算殺掉的人的名單。聯合國甚至接獲消息，證實當局有能力以每二十分鐘一千人的速度殺害圖西族人……」

一輛車在街上開過。帕西斐克把話打住，等車子駛遠，才又重新輕聲開口。

「即將發生在我們身上的事還有一大串。我們的族人可以說是等著被宣判死刑。死亡把我們團團圍住，很快就會降臨，到時我們等於落入陷阱。」

媽咪顯得惶恐不安，她試著用眼神得到歐賽碧姨媽的證實，不過姨媽的目光哀傷地盯著地面。

「那阿魯沙協議[3]呢？過渡政府呢？」媽咪用驚慌的口吻說。「我以爲戰爭已經結束了，情況正在好轉。你說會有屠殺，可是基加利有那麼多聯合國維和部隊，怎麼可能發生屠殺？這沒道理呀……」

「他們只要殺掉其中幾個，盧安達所有白人就會被撤離。這是他們的策略之一。列強不會讓他們的士兵冒生命危險維護我們這些可憐非洲老百姓的安全。那些極端分子很清楚這點。」

「那我們爲什麼不快點通知國際媒體呢?還有各國大使館?聯合國?」

「他們完全清楚現在的情況。他們跟我們掌握的情報是一樣的，可是他們根本不重視。我們不必指望他們，只能靠自己。我之所以來看妳，是因爲我們需要妳幫忙，大姊。身爲家裡唯一的男人，我必須迅速做出決定。我請妳把歐賽碧姨媽的小孩接到布瓊布拉住，還有我未來的太太和她肚子裡的孩子。在事情平息以前，讓他們待在蒲隆地。他們在那邊才會安全。」

「可是你知道的，蒲隆地那邊也在打仗，」媽咪說。

「這裡的情況比打仗嚴重多了。」

「你打算什麼時候讓他們來?」媽咪緊接著回道。

「大家都會趁復活節假期的時候去妳那邊，這樣比較不會引起懷疑。」

「那妳呢，歐賽碧?妳有什麼打算?」

「我會留下來，依鳳，爲了小孩，我必須繼續工作。他們走了以後，我會比較踏實，不那麼擔心受怕。不管怎麼說，我們總不能統統逃走。妳放心，我不會有事的，我認識聯合國的人，萬一出了什麼狀況，我會有辦法撤離的。」

我們聽到房子前面出現引擎聲。歐賽碧衝到窗口，稍稍拉開窗簾一角。某個人開閃燈等在那裡。她回身跟帕西斐克點了個頭。帕西斐克起身時，我看到他牛仔褲腰帶上塞了一把槍。

「我得走了，有人在等我。明天婚禮見。路上小心。我不能跟你們一起去吉塔拉瑪[4]。我被情治單位密切監督，不希望他們把你們和我聯想在一塊。愛國陣線士兵的家人是他們打算最先殺掉的人。我跟你們直接在婚禮會場上見。」

然後他悄悄走出門。我從藏身的地方出來，走到窗前歐賽碧姨媽身邊。一輛摩托車逐漸駛遠。我們看到摩托車在路上的坑洞前面煞車時後車燈發出的紅色光芒。引擎聲慢慢變小了，聽不見了。姨媽把窗簾拉上。之後沒再有任何動靜。整個世界彷彿都安靜了下來。

譯註

1 非洲國家盃是非洲最高規格的足球賽事，由非洲足協負責舉辦，一九五七年開始不定期舉行，一九六八年起每兩年舉行一次，冠軍隊可代表非洲參加國際足球總會舉行的聯合會盃。

2羅傑．米拉（Roger Milla）全名艾柏特．羅傑．米拉（Albert Roger Miller），是一九五二年出生的喀麥隆職業足球員。米拉是最早在國際走紅的非洲球星之一，三次代表喀麥隆國家隊參加世界盃。二〇〇四年獲國際足球總會列入世界百大在世球員，二〇〇七年獲非洲足球協會推舉為過去半世紀非洲最佳球員。

3阿魯沙協議即前文提到的和平協議，是盧安達共和國政府與盧安達愛國陣線在美國、法國與非洲統一組織（非洲聯盟前身）調停下，於一九九三年八月在坦尚尼亞阿魯沙（Arusha）簽訂的和平協定，目的是結束長達三年的盧安達內戰。協議計畫成立由盧安達五大政黨及盧安達愛國陣線共同組成的「廣泛基礎過渡政府」，並包含建立法治、遷返難民、融合政府軍與叛軍等要點。總統哈比亞利馬納在其盟友共和國防衛同盟極端分子的影響下，延緩阿魯沙協議執行。一九九四年四月，哈比亞利馬納及該國首任女性總理艾嘉特．烏維林吉伊馬納（Agathe Uwilingiyimana）陸續遭暗殺，隨後盧安達大屠殺爆發，協議全面停擺。大屠殺結束後，阿魯沙協議內容成為過渡時期的主要政治參考，促成二〇〇三年新憲法頒定及總統普選。

4吉塔拉瑪（Gitarama）現稱穆漢加（Muhanga），位於盧安達首都基加利以西約五十公里，大約在基加利與基伍湖之間的中點，是出入該國西部及西南部的要津。二〇〇六年國土改制後更名為穆漢加。改制前是所屬省份首府，人口八萬餘，為盧安達第二大城，現人口略增。原吉塔拉瑪下轄行政區卡卜加易（Kabgayi）是天主教重鎮，一九九四年盧安達大屠殺期間，近四萬名圖西族難民湧到該地避難，但隨著盧安達愛國陣線進逼，胡圖族部隊在撤離前大肆屠殺他們，罹難人數估計在六千到三萬之間。

20

第一道晨曦驅除了黑夜的焦慮。安娜和表姊妹在院子裡玩的歡笑聲讓我清醒過來。歐賽碧姨媽和媽咪一整晚沒闔眼，我隱約聽到她們窸窸窣窣地說話，一直到破曉。吃完早餐以後，我們立刻動身上路。克里斯強和我坐在後車廂的行李上，行李裡頭裝的是我們參加婚禮要穿的衣服。歐賽碧姨媽覺得到了以後再換衣服比較妥當，她希望我們盡可能低調，避免警察臨檢。女生們一起擠在旅行車後座。媽咪坐在前座，對著遮陽板的鏡子化好妝。車子先經過一些人口稠密的街區，那裡人車嘈雜，喇叭聲此起彼落。過了公路客運站以後，周遭景物逐漸開闊起來，城市讓位給一望無際的紙莎草沼地。歐賽碧姨媽開得很快，趕著及早抵達距離基加利五十公里的吉塔拉瑪。我們好長一段時間被卡在一輛大卡車後面，卡車的排氣管不斷噴出濃濃的黑煙。後座的女生火速搖上車窗，摀住鼻子，以免聞到那股臭雞蛋的味道。

媽咪打開收音機，溫巴老爹[1]的歌聲立刻迴盪在車內。姨媽的孩子們開始扭腰擺臀，克里斯強帶著狡黠的表情看我，並像衣索比亞舞者那樣揚眉甩肩。歐賽碧姨媽快速將收音機音量調大，我從後車廂看到一堆人頭隨著音樂節奏左搖右晃。副歌出現時，女生們跟著唱：「瑪麗亞瓦倫西亞，嘿嘿，嘿嘿，嘿！」媽咪覺得很好玩，她轉過頭，拋給我幾道心有靈犀的目光。電台主持人也在胡鬧，用自己的歌聲蓋過音樂。他說的是盧安達語，我只聽得懂其中幾個字。

「FM 106！最火電台！溫巴老爹！」他用快活的聲調接唱副歌，插科打諢，妙語如珠，眞是個空中活寶。受到歡樂氣氛的感染，平常很討厭跳舞的我也開始不停搖擺，一邊胡亂拍手，一邊興高采烈地地唱「嘿嘿，嘿嘿，嘿」。可是忽然間，我發現其他人都停了下來。表親們臉上的表情變了，克里斯強整個人僵直不動。歐賽碧姨媽猛然關掉收音機，車子裡沒人再吭聲。我看不見媽咪的臉，但還是感覺得到她的不自在。我看了一下克里斯強：

「發生了什麼事？」

「沒什麼，很無聊的東西。是電台主持人……他說的話……」

「他說了什麼？」

「他說蟑螂統統該被撲滅。」

「蟑螂？」

「對，蟑螂，盧安達話叫 inyenzi。」

「……」

「他們用這個字眼稱呼我們圖西族。」

車速慢了下來，前方的橋上停著一些車輛。

「軍方設了路障，」歐賽碧姨媽驚慌地說。

來到士兵前面時，一名士兵比手勢要歐賽碧姨媽熄火，並請她出示身分證。另一名斜背衝鋒槍的士兵面帶兇神惡煞的表情繞著車子檢查。走到後車廂的位置時，他把臉貼在玻璃上。克里斯強把頭別開，避免接觸到他的目光，我也是。然後士兵走到媽咪旁邊，上下打量她，接著冷冷地要她出示證件。媽咪拿出法國護照，士兵很快瞄了一眼，便帶著冷笑說：

「法國夫人好。」

他露出挖苦的表情翻閱護照。媽咪不敢說話。士兵繼續說：

「嗯……我覺得妳不是眞正的法國人。我從沒看過法國女人鼻子長這樣。還有妳這漂亮的脖子……」

說著他就把手擱在媽咪的頸背上。媽咪動也不動，嚇得全身僵硬。歐賽碧姨媽則試著跟另外那名士兵打交道，並且竭盡可能地掩飾焦慮的情緒。

「我們要到吉塔拉瑪看一個親戚，他生病了。」

我看著他們背後的路障，他們掛在肩膀上的武器，聽到步槍托帶的摩擦聲和河水的聲音。赭紅色的河流被夾在兩岸的紙莎草間，流過橋下時水面短暫捲起漩渦。我能聽懂士兵話中的影射，也能明白歐賽碧姨媽的動作所透露的恐懼，還有媽咪的不安。一個月之前，我不可能懂得這些。一邊是胡圖族士兵，另一邊是一個圖西族家庭。我坐在前排，看著這齣仇恨劇碼上演。

「好了，快滾吧，一群蟑螂！」士兵突然冒出這句話，並把歐賽碧姨媽的身分證朝她臉上丟去。

另外那個士兵把媽咪的護照還給她，然後猛然用食指尖推了她的鼻頭一下。

「再見，狐狸精！既然妳是法國人，那就請妳去拜見我們的好朋友密特朗[2]伯伯吧！」他一邊說著，一邊又是一陣冷笑。

歐賽碧姨媽發動車子時，一名士兵用腳踹了好幾次車身。另一名士兵用槍托打破一扇後車窗，玻璃碎片濺到克里斯強和我身上。安娜尖叫了一聲，歐賽碧姨媽猛踩油門駛離現場。

抵達貞妮家時，我們還驚魂未定，不過歐賽碧姨媽要我們什麼都別說，以免破壞大家的興致。

貞妮一家人住在吉塔拉瑪地勢比較高的地帶，他們家是一棟簡樸的紅磚房子，四周種了一圈整株帶刺的麒麟花當籬笆。她的父母和兄弟姊妹都在等我們，他們用一整套又長又繁複的問候儀式迎接大家，包括用一種相當特殊的方式互相拍打後背和手臂，並用一些合宜的禮貌用語搭配這些動作。安娜和我笨手笨腳，不知所措，聽到主人們用盧安達話問問題，也不知怎麼答腔。

然後貞妮披著婚紗出現了，她身材高䠷，幾乎跟帕西斐克一樣高，而且長得明麗動人。她手裡捧了一束粉紅色的扶桑花，把它送給安娜。媽咪溫柔地走到貞妮身邊，在她耳邊輕聲說了些祝福的話語，並歡迎她成爲我們家的一員。

我們換上禮服，一行人徒步前往市政府。我們挑了一條近路，那是一條窄窄的土路，路邊是用泥巴和柴泥砌成的小房子，一棟緊挨著一棟。我跟克里斯強走在前面開道，貞妮和媽咪手挽著手，小心翼翼地避免滑倒。小路最後接上通往布塔雷[3]的大柏油路。我們經過的時候，愛看熱鬧的路人轉身猛瞧，腳踏車紛紛停了下來，好奇的民眾走到門外窺探。他們目不轉睛地盯著，視線彷彿解剖刀般穿透我們的身體。我們的隊伍成了全城的注目焦點。

帕西斐克穿著一套不合身的灰色西裝，在市府典禮廳裡等我們。他又恢復了天眞可愛、輕鬆自在的神情。民政官看上去倒像在趕時間，而且似乎有點喝醉了酒。他用單調的嗓音誦讀長達好多分鐘的法律條文，說明夫妻雙方的權利與義務。來參加公證的人不多，典禮廳內只有最親近的一些家屬。沒有人露出笑容，有些人在打哈欠，或看著外面高大的尤加利樹在陽光下晃動。帕西斐克和貞妮則毫不掩飾激動的情緒，同時似乎對兩人已經結爲連理這件事興致盎然。他們的目光一刻也不離開對方，因爲即將展開的幸福生活而笑臉吟吟，而且不斷撫觸對方的身體。他們在總統的肖像底下說「我願意」，儘管在達成和平協議以前，帕西斐克要打的就是這位總統。

婚禮結束後，我們返回高地上的貞妮家。天色灰暗，大白天幾乎像是晚上，一陣狂風揚起紅色的塵土，像雲霧般籠罩著市區。有些簡陋房舍的鐵皮屋頂甚至被風掀掉。歐賽碧姨媽告訴帕西斐克說，我們傍晚以前就得回到基加利，這樣比較安全。帕西斐克沒堅持要我們留下來。他知道這一路充滿艱險，能看到我們不顧一切地趕過來，他已經很高興了。

一陣驟雨把天空洗得乾乾淨淨，讓太陽重新露臉，但也耽擱了我們的時間。離開的時候終於到了，貞妮送給我們每個人一份禮物，表示對我們的謝意。我拿到的是一尊用陶土燒製的山地大猩猩[4]塑像。媽咪抓著貞妮的手臂不放，不斷說她多麼希望她快點到布瓊布拉跟我們團聚，到時要好好認識彼此。然後她悄悄地把一個裝了鈔票的小信封塞進貞妮父親的口袋。老父親摘下他那頂古怪的牛仔帽，藉此表示感謝。歐賽碧姨媽拉著貞妮，一起走到小花園後邊，她把手掌心擱在新娘的肚子上，爲肚子裡的嬰兒念了幾段禱詞。所有人互道珍重再會，大家不敢相信離別的時刻已經來到，很驚訝婚禮就這樣幾乎偷偷摸摸地迅速完成了。克里斯強和我坐回後車廂。帕西斐克幫媽咪關車門時，把身子探進車裡。

「我們回頭再好好辦場像樣的喜酒，到時候我一定把吉他帶來！」

大夥齊聲叫好。

「咦，妳的車窗怎麼了，小阿姨？」

「噢，沒事，只是個小意外，沒什麼大不了的，」歐賽碧姨媽隨口扯了一句。

她發動引擎，在小院子裡迴車。車子準備開出大門時，我回頭跟大家說再見。身穿結婚禮服的貞妮和帕西斐克十指緊扣，站在最前面。貞妮的爸爸立在一旁，把帽子舉在頭頂上揮舞。貞妮的其他家人默默地站在他們後面。夕陽西斜，玫瑰色的光線從側邊照亮他們的身體，那情景彷彿一幅圖畫。車子左右顛簸，沿著小土路慢慢開下山。他們的身影越來越小，最後終於被山坡吞沒，消失了。

譯註

1 溫巴老爹（Papa Wemba，一九四九—二〇一六），本名余勒・舜古・溫巴迪歐・沛內・基孔巴（Jules Shungu Wembadio Pene Kikumba），是知名剛果創作歌手，曲風以倫巴、蘇庫斯、恩東波羅（ndombolo）為主，號稱「倫巴搖滾之王」。生前是非洲最受歡迎的歌手之一，對世界音樂發揮莫大影響。

2 法蘭索瓦・密特朗（François Mitterrand，一九一六—一九九六），法國政治家，曾任法國總統和法國社會黨總書記。早年曾參與極右派運動，其後畢業於巴黎政治學院。二戰期間被徵召赴德作戰，期間遭到俘虜，但成功逃逸。一九四四年巴黎光復後曾參與戴高樂的臨時政府，戰後當選國民議會議員，改為左傾。

一九八一年當選第五共和總統，主政期間大力實施社會主義政策，包括擴大有薪假期、削減工作時數、廢止大學入學考試、廢除死刑、部分私人企業國有化、增加社會保障預算等。

3 布塔雷（Butare）是盧安達南部城市，位於吉塔拉瑪（穆漢加）正南方，距離蒲隆地只有十多公里。

4 山地大猩猩是靈長目中體型最大的東部大猩猩的兩個亞種之一，分為兩個種群，一在非洲東部的維隆加山脈，一在烏干達的布溫迪（Bwindi）森林。山地大猩猩屬於瀕危動物，二〇一八年統計總數僅略多於一千，但呈增加狀態。盧安達火山國家公園（Parc National des Volcans）為其主要棲息地。

21

我坐在廚房餐桌一角，就快做完功課了。普羅泰正在洗碗，看起來心事重重。收音機傳出新任蒲隆地總統西普里安·恩塔里亞米拉[1]的演說。恩塔里亞米拉是蒲隆地民主陣線的要員，經過數個月的權力眞空以後，蒲隆地國會將他推選爲總統。

那天早上，離學校不遠的街頭在光天化日下發生一起謀殺，結果下午的課就被取消了。我從盧安達回來以後，學校也開學了，但我一直沒去找巷子裡的夥伴們。我把作業本闔上，決定到吉諾家轉轉，設法讓我們之間的不自在有個了結。吉諾不在家，於是我跑到雙胞胎家。他們正跟艾爾芒窩在沙發上，被催眠似地看一部武打片。我躺臥在客廳地毯上。電影畫面在我眼前不斷展現，但我的思緒漫無目標地遊蕩。我應該是睡著了好一段時間，因爲當我睜開眼睛時，片尾字幕已經在慢慢跑過螢幕。我們決定轉移陣地，到秘密基地玩橋牌。打開福斯廂型車的滑門時，赫然發現吉諾跟法蘭西斯在裡面一塊抽一根菸。我發怔了好一會兒，才明白眼前看到了什麼。

「他在這裡幹什麼？」我氣沖沖地問。

「別激動，我只是提議法蘭西斯加入我們這個幫。我們需要他一起保護這條巷子。」法蘭西斯大剌剌地伸展四肢，躺在後座上，彷彿那是他自己的家。他正從香菸燒紅那端大口抽菸。艾爾芒和雙胞胎沒反應，但我使盡全身力氣，砰一聲把車門關上。我覺得遭到背叛了。我快步走出空地，這時吉諾趕了過來。

「加比，回來！不要就這樣走掉！」

「你是怎麼回事？」我把他往後一推，大聲喊道。「他是我們的死對頭，你居然要讓他加入我們？」

「我原先對他不夠了解，我誤會他了。他不是你以爲的那種人。」

「那他在河邊做的事呢？你忘了嗎？他打算把我們殺掉欸，那個瘋子！」

「他很後悔，幾天以後他來敲我家的門，想要道歉……」

「你該不會相信他吧？難道你不知道，那又是他使出的伎倆，就像他在我的生日派對上那樣。」

「不對不對，加比，你錯了。他是個正派的人。我跟他聊了很多，他不是什麼壞人，就只是這輩子運氣不太好罷了。他也沒了媽媽。怎麼說呢……這個你是不會了解的，你是有媽媽的小孩。可是失去自己的媽媽，那有時候會讓一個人改變，讓他變得狠心，變得……」

吉諾把頭低下，開始用鞋尖在地上掘泥土。

「吉諾……我想跟你說……你媽媽的事，我很難過。可是你為什麼從來不告訴我？」

「我也不知道。可是你知道嗎，我媽其實沒有眞的死掉。我很難跟你解釋。我會跟她說話，我會寫信給她，有時候我甚至會聽到她的聲音。你懂嗎？我媽媽就在這個世界上……在某個地方……」

我很想把他抱在懷裡，跟他說些安慰的話，可是我不知道該怎麼做，也不知道該說什麼。我從來不知道怎麼做這些。我覺得自己跟吉諾那麼親近，不想失去他。他是我的兄弟，我的朋友，我那個積極向上的分身。他是我一直想當的那種人。他擁有我欠缺的力量和勇氣。

「吉諾，我還是你最好的朋友嗎？」

他看著我的眼睛，然後走到我後面的一叢刺槐。他拔下一根刺，用嘴吸吮了一下，去除上面的灰塵，接著就把它刺進手指尖。一粒血珠冒了出來，跟診斷瘧疾時做血液檢查的情形很像。他抓起我的手，把那根刺扎進一根手指頭，我的血也湧了出來。他把我們的手指頭貼在一塊。

「這是我給你的答案，加比。現在，你是我的熱血兄弟了。我愛你，超過其他任何人。」他的聲音略略顫抖著。我感覺喉嚨裡出現一陣刺癢。我們不敢看對方，生怕萬一目光交錯，會忍不住哭出來。然後我們手拉著手，一起走回福斯廂型車。

法蘭西斯正在跟雙胞胎和艾爾芒高談闊論。他們聽得津津有味，跟方才看武打片的時候一樣入神。他說故事的技巧幾乎可以說勝過雙胞胎，他會在句子中穿插一些自己發明的詞彙，把史瓦希里語、法語、英語和克倫地語融混在一起。

外面又開始暑氣逼人，我們向他提議跟我們一塊到河裡玩水，清涼一下。

「如果你們想游泳的話，我知道一個比穆哈河更棒的地方，」法蘭西斯說。「跟我來！」他在大馬路上招了一輛計程車。起初司機囉哩八嗦，因爲他不想載一堆小孩子，不過法蘭西斯塞給他一張千元大鈔，那傢伙馬上踩油門上路。我們不敢置信，那簡直是變魔術！大家一下子都興奮難耐，居然可以這樣一起離開巷子。雙胞胎一直問：

「我們要去哪裡？我們要去哪裡？我們要去哪裡？」

「我要給你們一個驚喜，」法蘭西斯神秘兮兮地說。

一股熱風灌進車子裡。艾爾芒把手臂伸出車窗，做出飛機凌風翺翔的動作。市街熱鬧滾滾，市場周邊一片喧騰，自行車和小巴士在公路客運站外面亂成一團。一切令人真的無法相信這個國家正在經歷戰爭。結實纍纍的芒果樹沿著路易．盧瓦嘉索爾王子大道灑下濃蔭。計程車經過一群另一個街區的小孩，他們正在忙著用長竿鉤芒果，吉諾伸手衝著他們按了一下喇叭。車子開上市區地勢高的地帶，空氣變得清爽宜人。我們經過盧瓦嘉索爾王儲的陵寢，看到那個大十字架和三個分別呈現國旗顏色的尖角拱門。拱門上方，斗大的字體寫著蒲隆地的國家口號：「統一，勞動，進步」。我們所在的位置已經夠高，可以看到地平線。布瓊布拉的形狀很像擺在水邊的一張大躺椅，它彷彿是個長條形的水岸度假城市，鋪展在綿延的山巒和坦干依喀湖之間。計程車在聖靈初中前面停了下來。這所學校的建築像一艘白色的郵輪，凌空俯視底下的城市。我們一輩子住在布瓊布拉，卻是第一次登上這麼高的地方。法蘭西斯又塞了一千塊錢給司機，要他在原地等著。

我們走進校園時，忽然下起暴雨，熱熱的大雨珠打在地面的塵土上，形成一個個小小的坑洞，還濺到我們的小腿肚上。一股潮濕泥土的氣息從地面揚起。因爲下雨的關係，學生們急忙躲進教室和宿舍，偌大的中庭一下就變得空空蕩蕩，只剩下我們幾個人。我們繼續跟在法蘭西斯後面，走過校內的通道。我走路時張著嘴，雨滴落在舌頭上，爲我的口腔帶來一陣沁涼。在一堵矮牆後方，一座游泳池映入眼簾。眞不可思議的景象。那是一座貨眞價實、符合奧運規格的泳池，池邊矗立著高聳的水泥跳台。法蘭西斯一下就把衣服全部脫掉，火速跳了進去。吉諾緊跟在後，有樣學樣。然後其他人也全部脫個精光，連平時害臊的艾爾芒也不例外。一夥人把膝蓋抬到胸口，讓身體滾成球形，跳進泳池。滂沱大雨伴著狂怒的大風，一陣陣掃過水面，偶而又會有一兩道陽光在雨幕中透現。大夥樂不可支，彷彿跟窈窕佳人一見鍾情的頭一天。在一片瘋狂恣肆的笑聲中，一群人沿著泳道來回翻騰，胡鬧著追趕競速，在水下拉扯同伴的腳，假裝溺水當好玩，把自己搞得精疲力竭。法蘭西斯用手扳住池緣，做了幾個蹬腿後翻的動作。夥伴們目瞪口呆，尤其是吉諾。看到這種出神入化的特技，他的眼睛整個亮了起來。我感覺嫉妒在啃噬我的心。

吉諾被歆羨之情沖昏了頭，忽然問了一句：「你有辦法從那個高台上跳下來嗎？」

雨水劈劈啪啪地鞭打在我們的臉上。法蘭西斯抬頭望了一下說：

「你瘋了！那少說也有十公尺欸！會死人的。」

我片刻也沒猶豫。我要向吉諾證明我比法蘭西斯更罩得住。我翻身上岸，踏著堅定的步伐，往跳台的長梯走去。梯子很滑，頂端隱沒在雨霧中。往上攀爬時，雨水在我臉上像小瀑布般流下，使我難以睜開眼睛。我用盡力氣抓緊梯子，默默祈禱不要踩空。其他人看著我，以為我瘋了。爬到頂端以後，我往前走到跳台邊緣。夥伴們在底下露出不可置信的表情。他們的小腦袋瓜像氣球般浮在水面。我沒覺得頭暈，不過心跳快得離譜。我很想回頭走掉，可是我彷彿已經看到法蘭西斯的反應，他一定會冷笑、嘲諷，說我是個沒膽的媽寶。吉諾肯定也會大失所望，決定投靠到法蘭西斯那邊，最後再也不理我，把我們的友情、我們的鮮血盟誓都拋在腦後。

從跳台頂端，我看到整個布瓊布拉，遼闊廣袤的平原，以及坦干依喀湖藍色水面另一邊亙古不變的薩伊群山。我一絲不掛，佇立在我的城市上空，熱帶的雨水撫摸著我的肌膚，宛如厚重的水簾，沿著我的身體垂落而下。銀光閃閃的彩虹倒影飄浮在溫柔的雲端。我聽見夥伴們的聲音：「加比，跳啊！加比，跳下來！快點跳！」恐懼再度襲來，有生以來那種恐懼一直樂此不疲地使我陷入癱瘓。我轉過身，背對著游泳池。這時我的腳跟已經懸空了。我嚇得尿了出來，黃色的液體像常春藤般沿著我的腿纏捲而下。大雨宛如奔騰的飛瀑，我爲了替自己打氣，頂著震耳的雨聲，發出蘇族印地安人那種怒吼。然後我的雙腿宛如彈簧，膝蓋往下彎曲，將身體向後推送。我在空中轉了一圈，身體受到莫名的神秘力量操控，祭出完美無瑕的動作。接著我只感覺自己像可笑的木偶般直接往下墜落。當池水把我迎入它軟綿綿的懷抱，用暖呼呼的漩渦和搔人癢的氣泡熱烈地將我裹住時，我驟然不知身在何處。沉到池底時，我躺在磁磚鋪面上，品嘗自己完成的壯舉。

待我浮出水面，那光景可比英雄凱旋！夥伴們衝到我身邊，高聲歡唱：「加比！加比！」泳池表面化爲大鼓，任他們拍打奏樂。吉諾高舉我的手臂，彷彿我是剛得勝的拳擊手，法蘭西斯湊過來親了我的額頭。我感覺他們滑溜溜的身體緊貼著我，摩擦我、包裹我、把我緊緊抱住。我辦到了！我這輩子第二次征服了內心那該死的恐懼。有朝一日，我一定能褪去那層醜惡的甲殼。

學校的老門房跑過來，把我們趕出游泳池。大家抓起濕透了的衣服，光著屁股就拔腿開溜，一邊跑一邊笑得喘不過氣。計程車司機看到我們渾身光溜溜地爬進他的車，忍不住也爆笑起來。夜幕在雨中降臨。車子開著大燈，慢慢沿著基利利區彎彎曲曲的道路往山下開。我們得用內褲擦玻璃，把霧氣擦掉，才看得到城市的夜景。這時布瓊布拉已經萬家燈火，宛如一大片螢火蟲，照亮了昏暗的平原。收音機傳出傑佛瑞·歐里耶馬[2]演唱〈馬坎波〉（Makambo）的歌聲，他的嗓音動人心弦，像一顆糖融化在我們的靈魂中，讓大家從滿溢奔流的快樂中逐漸沉澱下來。我們從不曾感覺這般自由、這般活力充沛，從頭到腳協同一致，所有人被相同的血脈連結起來，讓同樣的醉人瓊漿澆灌。我很後悔過去對法蘭西斯有意見。他跟我們一樣，跟我一樣，只是個單純的孩子，在一個不讓他有選擇餘地的世界中竭力設法生存下來。

名副其實的傾盆大雨席捲布瓊布拉。排水溝暴漲，挾帶大量垃圾的泥水從城市高處傾瀉到大湖中。雨刷幾乎已經起不了作用，只是在擋風玻璃上有氣無力地搖擺。在墨黑的夜色中，來往車輛的燈光掃過路面，爲雨滴染上黃黃白白的色澤。我們人在歸途，即將返回我們的巷子，回到這個瘋狂午後的原點。

計程車開過穆哈橋時突然間緊急煞車。大夥毫無防備，全部往前衝去，所有人撞在一塊。法蘭西斯的腦袋撞上儀表板。他把頭抬起來的時候，鼻子裡流出一點血。我們還沒能回過神，司機的模樣一下子令我們打了個寒顫。他被嚇得全身僵硬，握著方向盤的手直打哆嗦，驚恐的雙眼盯著前方馬路，嘴裡反覆叫著：「薛塔尼！薛塔尼！薛塔尼！」[3]那是魔鬼的意思。

前方，我們赫然看見一匹黑馬的影子沿著車燈投射的亮光外圍，在暗夜中飛掠而過。

譯註

1 西普里安．恩塔里亞米拉（Cyprien Ntaryamira，一九五五—一九九四），蒲隆地胡圖族政治家，曾短暫擔任蒲隆地總統。恩塔里亞米拉於一九七二年逃難到盧安達，在布塔雷的國立盧安達大學取得學位，一九八三年歸國。一九八六年與恩達達耶共同成立蒲隆地民主陣線。該黨於一九九三年蒲隆地首次民主普選中勝出，恩達達耶當選總統，但不久即在政變中被殺害。一九九四年二月，恩塔里亞米拉出任總統。四月六日，他前往坦尚尼亞參加阿魯沙協商會議，試圖結束恩達達耶遇刺後蒲隆地發生的內戰。會後他因座機維修，改搭盧安達總統哈比亞利馬納的座機先赴盧安達首都基加利，結果座機遭擊落，兩人同時遇難。這個事件直接引爆針對圖西族的盧安達大屠殺。

2 傑佛瑞．歐里耶馬（Geoffrey Oryema，一九五三—二〇一八），原籍烏干達的法國音樂人、創作歌手。二十三歲時因時任部長的父親遭阿敏（Idi Amin）政權謀殺，決定逃亡到法國。

3 薛塔尼（sheitani）是東非神話及民間信仰中的靈怪，通常為惡靈，有各種不同的外貌、能力，是雕刻藝術品中常見的主題。在藝術作品中，薛塔尼的形貌通常為變形的人類或動物。薛塔尼一詞由阿拉伯文的Shayṭān（拉丁化寫法，惡魔或撒旦之意）演化而來，此字與英文中的撒旦（Satan）同源於閃族詞語。

22

一九九四年四月七日早上，電話鈴聲迴盪在空蕩蕩的房子裡。爸爸一整個晚上沒回家。

最後我終於拿起聽筒：

「喂？」

「喂？」

「媽咪，是妳嗎？」

「加比，叫你爸來聽電話。」

「他不在。」

「什麼？」

她停頓了一下，我聽到她的呼吸聲。

「我馬上過來。」

跟每次政變隔天的情形一樣，我們家裡裡外外一個人影也沒有。普羅泰不在，多納西恩不在，連守衛也不在。所有人都消失不見了。媽咪騎著摩托車飛快地來到。她的安全帽還戴在頭上，人就兩步當作一步地衝上涼廊的台階，把安娜和我緊擁入懷。媽咪的動作看起來焦躁不安。她到廚房裡泡茶，再到客廳坐下。茶香四溢，她用兩手捧住茶杯，吹著杯裡冒出來的熱氣。

「你們爸爸常常把你們獨自留在家裡嗎？」

我搖頭說不是，不過同時安娜卻說是。

「發生政變那天晚上，爸爸不在家，」安娜不假思索地說，彷彿要報復爸爸。

「混帳東西！」媽咪喊道。

爸爸回到家，走進客廳，沒跟任何人打招呼。不過當他發現媽咪坐在沙發上時，顯得很訝異。

「妳在這裡做什麼，依鳳？」

「一整個晚上把小孩子獨自丟在家裡，你不覺得羞愧嗎？」

「喔，原來如此……妳要和我談這件事？當眞嗎？拋家棄子的人是妳，妳絕對最沒資格指責別人。」

媽咪閉上眼睛，把頭低下。她吸了吸鼻子，然後用襯衫的袖子擦了一下鼻口。爸爸嚴厲地看著她，準備大吵一頓。她轉身看我們時，眼睛已經被淚水弄得發紅。她說：

「昨天晚上蒲隆地總統和盧安達總統都被殺了。他們坐的飛機在基加利上空被打下來了。」

爸爸整個人垮進一把扶手椅裡。這消息把他擊潰了。

「貞妮和帕西斐克沒接電話。歐賽碧阿姨也沒接。我需要你的幫忙，米榭。」

在布瓊布拉，儘管攻擊的消息和總統的死訊已經傳開，但情勢仍舊平靜。媽咪拚命想要聯絡上她在盧安達的家人，爸爸則負責打電話給法國大使館的憲兵。快到傍晚的時候，歐賽碧阿姨終於接電話了。爸爸用另一支聽筒聽她們的對話。

「依鳳，」歐賽碧叫道。「依鳳，是妳嗎？不好，這裡的情況糟透了。昨天晚上我們聽到飛機爆炸的聲音。幾分鐘以後，廣播就宣布總統的死訊，還指控圖西族策畫了這個暗殺攻擊行動。他們號召胡圖族人拿起武器，展開報復。我很清楚這是他們準備要消滅我們的訊號。

他們很快就在幾乎所有地方設了路障。從昨天夜裡開始，民兵和總統衛隊就在市區來回搜查，掃蕩每個街區，他們闖進圖西族人和胡圖族反對派的家裡，把全家大小都殺光，一個也不放過。我們的鄰居和他們家的小孩今天早上被殺了，就在那裡，在籬笆後面。我的老天啊，太可怕了……我們看到他們臨死前在慘叫，但是什麼事也不能做。我們嚇壞了。只能躲在家裡，趴在地上。四周都是衝鋒槍的聲音。我一個人帶著四個孩子，該怎麼辦才好？依鳳，我們會發生什麼事？我打電話給聯合國的人，可是對方沒接。我幾乎要絕望了……」

她說得上氣不接下氣。媽咪盡可能安撫她：

「別這麼說，歐賽碧！我跟米樹在一塊，我們會跟基加利的法國大使館聯絡。別擔心。我相信帕西斐克已經上路，準備去把你們接出來。如果可以的話，設法到聖家堂避難。那些兇手不會攻擊教堂，妳應該還記得一九六三年和一九六四年的屠殺，當時我們就是這樣活下來的，那些地方是神聖的場所，他們是不敢隨便褻瀆的……」

「不可能了。我們街區已經被包圍起來，我不能冒險帶著小孩出去。我已經做了決定。我要跟他們一起禱告，然後我會把他們藏在天花板夾層裡，我自己再出去找人幫忙。可是我想還是現在就跟妳說聲永別了，這樣比較好。這次我們脫險的機會很渺茫。他們太恨我們了，這次他們打算一了百了。他們說要清除我們已經說了三十年，現在正好利用這個機會執行計畫。他們的心裡已經不再有憐憫。我們已經算是被埋進土裡了，就要變成最後一批圖西人了。我們死了以後，請你們創造一個新的國家吧。我得掛電話了。永別了，我的妹妹，永別了……爲我們好好活著……我會把妳的愛帶著走的……」

放下話機時，媽咪神情呆滯，牙齒咯噠作響，雙手抖個不停。爸爸把她擁入懷裡，設法安撫她。她很快平靜下來，請爸爸打另一個號碼，然後再打另一個，接著還有一個……

連續好幾天，他們不分白天夜晚，兩個人輪流打電話，設法聯繫聯合國、法國大使館和比利時大使館。

「我們只負責撤離西方人，」接電話的人用冷冰冰的口吻回道。

「還有他們那些貓貓狗狗！」媽咪無法克制地高聲叫喊。

幾小時過了，幾天過了，幾個星期過了。從盧安達傳出來的消息證實了好幾星期以前帕西斐克預言過的話。在整個盧安達，圖西族人正在被有系統地、有板有眼地屠殺、清洗、消滅。

媽咪再也吃不下飯，再也睡不著覺。夜裡，她會悄悄離開床鋪。我聽到她拿起客廳裡的電話，第N次撥打貞妮和歐賽碧阿姨的號碼。早晨，我會看到她在沙發上睡著了，聽筒還放在耳朵旁邊，線路傳來空洞的嘟嘟聲。

死亡名單每天都在變長，盧安達成了一片遼闊的狩獵場，而圖西族人就是裡面的獵物。作爲人類，他的出生就是罪，他的存在就是罪。他在那些殺戮者的眼中是害蟲，是必須踩死的蟑螂。媽咪覺得自己無能爲力，毫無用處。儘管她意志堅定，展現驚人能量，但她終究無法解救任何人。她眼睜睜看著自己的族人、自己的家人消失，卻做不了任何事。她像在水底踩空，逐漸漂離了我們，也漂離了她自己。她的內心遭受無情啃噬。她的臉龐乾癟了，眼睛四周出現沉重的眼袋，皺紋在額頭上刻出一道道溝痕。

家裡的窗簾沒再拉開。我們背著光線生活。收音機的聲音喧囂擾攘地迴盪在幽暗的大房間裡，在報導體育消息、股市行情和讓世界運轉的小小政壇騷動之餘，也播送絕望的哀嚎、求救的呼喊和各種不堪承受的痛苦。

在盧安達，這個不能稱作戰爭的局面持續了整整三個月。我已經想不起來我們在那段日子裡究竟做了些什麼。學校、夥伴、日常生活，我一概記不清。我們一家四口重新生活在一起，但一個巨大的黑洞吞沒了我們，也吞沒了我們的記憶。從一九九四年四月到七月，我們幽閉在四壁之間，守候在電話機和收音機旁，遠距離經歷了持續發生在盧安達的種族大屠殺。

六月初，頭一批消息終於傳來。帕西斐克打了電話給外婆。他還活著，他沒有任何人的消息。不過他知道他所屬的盧安達愛國陣線部隊即將攻占吉塔拉瑪，一個星期內他就可以抵達貞妮家。這個訊息讓我們重新燃起一點希望。媽咪成功聯絡上幾個遠房親戚和朋友。他們說的故事都非常可怕，能僥倖生還無異是奇蹟。

盧安達愛國陣線節節勝利。盧安達部隊和掀起種族大屠殺的政府崩解潰散，被迫逃離基加利。法國部隊展開一項名爲「綠松石行動」[1]的大規模人道救援計畫，試圖阻止大屠殺，以及維持一部分國土的安定。媽咪說，那是法國爲了幫助他們的同盟胡圖人而使出的最後一招。

七月間，盧安達愛國陣線終於打進基加利。媽咪、外婆和外曾祖母蘿莎莉立即動身前往盧安達，設法尋找歐賽碧阿姨和她的小孩，還有貞妮、帕西斐克和其他親朋好友。歷經三十年的流亡生涯後，她們終於回到自己的祖國。她們曾經一直夢想著這趟歸途，尤其是年邁的蘿莎莉。她要落葉歸根，死在祖先的土地上。但那個遍地鮮奶與蜂蜜的盧安達已經消失，剩下的是一座露天陳屍場。

譯註

1 綠松石行動（opération Turquoise）是一九九四年盧安達種族大屠殺期間法國在聯合國安理會核准下進行的一項軍事行動。法國動員兩千五百人的部隊，藉以「在任何可能的地方終止屠殺，必要時得動用武力」。部分人士認為這項行動是單純的人道救援，但也有許多人批判法國在大屠殺時所扮演的角色，並抨擊法國藉此暗中支援胡圖族政府。在此之前，法國曾為胡圖族主導的哈比亞利馬納政府大量提供軍事及外交支持，包括在一九九〇年盧安達愛國陣線軍隊進攻之際出兵保護盧安達政權。綠松石行動期間，法國成立的「綠松石區域」約占盧安達國土的五分之一，但法方強調其角色是提供「安全區」，不參與盧安達的內部衝突。在安全區內，胡圖族仍舊透過路障檢查民眾身分，殺害圖西族人。盧安達政府在愛國陣線進逼下決定撤退到安全區後，法方沒有查扣他們攜帶的廣播電視設備，使他們得以繼續透過這些媒體煽動屠殺。法方也沒有羈押主導大屠殺的政府官員，理由是聯合國並未授權他們調查或拘捕戰爭罪嫌疑犯。

23

學年接近尾聲。在布瓊布拉，受到政治情勢的影響，第一波撤離已經展開。雙胞胎的爸爸決定返回法國，永遠不再回來。這個消息像斷頭台的鍘刀般猛然落下，令人措手不及。我們只能在他們家門口道別。實在太匆促了。他們的車子轉眼就開離巷子，揚起一片如雲的沙塵。於是法蘭西斯出了個點子，他決定叫一輛計程車趕到機場，好讓大夥再跟他們說聲再見。我們抵達機場時，他們已經準備登機。我們互相親了臉頰道別。我要他們答應寫信給我。他們發誓：「老天在上，一定會！」

雙胞胎走了，只留下一片空虛。一開始，當大夥在空地上的福斯廂型車裡聚會時，我們覺得少了一些笑聲回應艾爾芒說的笑話，也少了一些在午後跟我們分享的小故事。他們的離去又特別給了法蘭西斯更多的空間。從那時起，我們唯一會做的事就只有聊天扯淡。我們會坐在廂型車後座好幾個小時，聽彼得．托許[1]的老錄音帶，抽廉價香菸，就著瓶口喝法蘭西斯從販賣亭買來的啤酒和芬達汽水。每當我提議一起釣魚、到河裡玩水，或去採芒果，夥伴們總是嗤之以鼻：那些都是小孩子的把戲，我們已經過了年紀了。

「該給我們這群死黨取個眞正的名號了，」吉諾說。

「可是我們已經有了啊！基城少年。」

吉諾和法蘭西斯發出愚蠢的冷笑。

「這名字太遜了！」

「我提醒你，吉諾，它可是你自己取的，」我氣惱地說。

「總之不能再說死黨了，現在我們得組成幫派，」法蘭西斯說。「我們布瓊是幫派的城市，跟洛杉磯或紐約一樣。每個街區都有一個幫派，布維薩的叫『不敗幫』，恩加加拉的叫『永勝幫』，布延吉的叫『六車庫幫』……」

「沒錯，沒錯！還有『芝加哥公牛幫』和『不戴套幫』，」吉諾說得節奏感十足，彷彿饒舌歌手在演唱。

「我們就簡單取個『基城幫』好了，」法蘭西斯抽了一口菸說。「我跟你們解釋幫派是怎麼搞的。幫派有武器，有組織，有階級。他們在死城日的時候會負責設路障。所有人都很尊敬他們，就連軍方也不敢動他們。」

「可是，兄弟們，我們沒必要蹚死城日那個渾水吧？」艾爾芒問道。

「我們這個社區總得有人保護啊，」吉諾回答說。

「有我爸在，要是我膽敢在死城日的時候出門，可不是只有這個城會死哪，兄弟！」艾爾芒笑著說。

「別擔心，我們不會一下子就跑去設路障，」法蘭西斯說。他已經開始自認爲是我們的頭頭了。「我只是希望我們能跟掌控穆哈橋的『不敗幫』維持良好關係。我們得向他們證明我們跟他們是同黨的，有事沒事給他們幫點小忙，這樣我們就能繼續在街區裡活動，不會惹上麻煩，而且必要的時候，他們還會保護我們。」

「我完全不想跟那群殺人兇手打交道，」我說。「他們只會做一件事，把那些下工回家的可憐男僕殺掉。」

「加比，他們殺胡圖族人，胡圖族人殺我們！」吉諾回道。「以牙還牙，以眼還眼，這道理你懂吧？連《聖經》上都這麼寫。」

「《聖經》有寫嗎？沒聽過！不過我知道一首恩東波羅歌曲：『以眼還眼，血色百分百！血色百分百！喔！喔！喔！』」

「不要再唱了，艾爾芒！」我眞的被他惹毛了。「這一點都不好笑。」

「你看到那些人在盧安達對我們的親人做了什麼事嗎，加比？」吉諾又開口說。「假如我們不保護自己，下場就是他們會來殺我們，就像他們殺掉我媽那樣。」

法蘭西斯朝我們頭頂上吐出一個個煙圈。艾爾芒不再插科打諢了。我很想跟吉諾說他錯了，他是在一概而論，如果所有人老是想著要報仇，那戰爭就不會有結束的一天。可是聽到他透露他媽媽的事，我又六神無主了。我告訴自己，他的悲痛之情已經壓倒了理智。在言語的賭局中，痛苦是一張王牌，這張牌一打出來，其他論點都會被劈倒在地。在某種意義上來看，這樣是不公正的。

「吉諾說得沒錯。發生戰爭的時候，誰都不可能中立！」法蘭西斯擺出一副「我比誰都懂」的神態說，那模樣眞讓我厭惡透頂。

「你就會出一張嘴，反正你是薩伊人！」艾爾芒說著就噗嗤一聲笑了出來。

「是啦是啦，我是薩伊人，不過我是圖西族的薩伊人。」

「咦，這又是另一回事了！」

「我們在那邊被叫作班亞穆楞格族[2]。」

「這個我也完全沒聽過，」艾爾芒說。

「那如果我們不想選邊站呢？」我問。

「我們身不由己，所有人都得選邊站，」吉諾露出充滿敵意的微笑說。

這樣的爭論，這種令法蘭西斯和吉諾著迷的暴力，真的讓我很厭煩。我決定不再那麼常去我們的秘密基地報到。我甚至開始逃避那群夥伴，設法躲開他們那些充滿好戰色彩的胡言亂語。我需要換點空氣，需要改變想法。有生以來第一次，這條巷子讓我覺得侷促，它像個閉塞的空間，我的憂慮被困在裡面，不停打轉。

某天下午，我偶然在艾柯諾摩普羅斯夫人家的九重葛籬笆外頭碰見她。我們隨口聊了一下天氣，然後她請我進屋裡喝西番蓮汁。一走進她家的大客廳，我的目光馬上就被她那個覆蓋一整面牆的大書架吸引住。我從不曾在同一個地方看到那麼多書。從地面到天花板，滿滿都是書。

「這些書您都讀過嗎？」我問。

「都讀過。有些甚至讀過好幾次。這些書是我人生中的摯愛。它們讓我笑，讓我哭，讓我懷疑，讓我思考。它們給了我暫時逃離的機會。書本改變了我，使我成爲另一個人。」

「書可以改變我們？」

「書當然可以改變我們！甚至可以改變我們的人生。就像談一場轟轟烈烈的戀愛。而且我們無法知道什麼時候會邂逅那個對象。要小心提防書，它們是沉睡中的精靈。」

我的手指滑過書架，輕撫那些書的外皮，每本書摸起來的質感都那麼不同。我在心中默默誦讀我看到的標題。艾柯諾摩普羅斯夫人一言不發地在旁觀察我；然後我被某個書名吸引，目光在那本書上停留了特別久，這時她鼓勵我：

「把它拿回去看吧，我相信你一定會喜歡。」

那天晚上上床以前，我從爸爸的書桌抽屜拿了一支手電筒。我把自己裹在被單下，開始讀這本小說。故事裡有一位老漁翁、一個小男孩、一條大魚、一群鯊魚……讀著讀著，我的床開始變成一艘船，我聽到海浪打在床墊邊緣的劈啪聲，感覺大海的空氣和風鼓起我的床單，讓我揚帆前進。

第二天，我把書帶回給艾柯諾摩普羅斯夫人。

「已經看完了嗎？很厲害喔，加布里爾！我再借你一本。」

那天夜裡，我聽到刀劍鏗鏘交纏，駿馬噠噠奔馳，騎士的斗篷沙沙作響，一名公主的蕾絲連衣裙發出窸窸窣窣的聲音。

還有一天，在一個戰火蔓延、處處廢墟的城市裡，我跟一名少女和她的家人一起躲在一個狹小的房間。她寄情於日記，並任憑我的視線越過她的肩，落在她寫下的思緒上。她在日記中訴說她的恐懼、她的夢想、她的愛情、她從前的生活。我覺得那些彷彿都是我的寫照，我自己也可能寫下那些文字。

每次我拿書去還艾柯諾摩普羅斯夫人的時候，她都想知道我有什麼看法。我很好奇爲什麼她要問我這個。一開始我會跟她簡單說明故事大意，描述幾個重要情節，舉出一些地名和人名。我看得出她聽了很滿意，而我主要是希望她再借我一本書，讓我可以快快躲回房間，一口氣把它看完。

後來我開始告訴她我的感受，我心中的疑問，還有我對作者或書中人物的看法。這麼一來，我就可以繼續品嘗書的滋味，讓故事延續下去。我養成每天下午到她家拜訪的習慣。憑藉這些閱讀，我突破了我們這條巷子的限制，我重新呼吸新鮮空氣，世界伸展得更遠，超越了那些迫使我們縮進自我、緊抱恐懼的圍籬。我不再前往秘密基地，不再想跟那群夥伴見面，不想聽他們談論戰爭、死城日、胡圖人和圖西人。我在艾柯諾摩普羅斯夫人的院子裡，跟她一塊坐在一棵藍花楹樹下。她在鑄鐵桌上擺了茶和烤得熱呼呼的餅乾。我們會連續好幾個小時一起討論她借給我看的書。我發現我可以滔滔不絕地訴說各種潛藏在我內心深處的事，而原本我並不知道有那些事存在。在這個綠意盎然的小天地中，我學著辨別我的喜好、我的想望，還有我看世界、感受世界的方式。艾柯諾摩普羅斯夫人讓我有了自信，她從不評斷我，而且她有種天賦，懂得傾聽我、讓我感到舒坦。暢所欲言一整個下午以後，我們會沐浴在斜陽的光線中，在她的花園裡漫步，像一對奇特的情侶。我覺得彷彿正走在教堂的穹頂底下，鳴唱的鳥兒似乎在輕聲祈禱。我們在她種的野生蘭花前駐足欣賞，在一排排扶桑花籬笆和榕樹幼苗間信步流連。對街區裡的花蜜鳥和蜜蜂而言，她家花園錦簇的園地堪稱一場華美盛宴。我在樹下撿拾枯葉，用來當書籤。我們緩緩地走著，幾乎像電影中的慢動作畫面；我們在豐美的草地上拖著步履，彷彿是爲了在夜幕逐漸包圍巷子以前，讓時光暫時停格。

譯註

1彼得．托許（Peter Tosh，一九四四—一九八七），牙買加音樂人、創作歌手，主打雷鬼及節奏藍調等音樂類型。

2班亞穆楞格（Banyamulenge）意為「來自穆楞格山區的人」，指定居在剛果民主共和國（原薩伊）東部的南基伍省、說盧安達語的圖西族人。

24

媽咪在學校開學那天從盧安達回來了。那是一個「死城日」的隔天，前往學校的路上隨處可見燒焦的汽車殘骸、散布在路面的大石塊，還有一些已經燒熔或還在冒煙的輪胎。當路肩上出現屍體時，爸爸要我們把視線別開。

校長在法國大使館的憲兵陪同下，把我們集合在大操場，爲我們講解新的安全規定。原本圍繞著學校四周的濃密九重葛叢現在被一道高高的磚牆取代了，這樣流彈才不會三不五時打到教室，危害師生的安全。

一種深沉的焦慮席捲全城。大人們感受到新的危難正在逼近，他們擔心這裡的局勢會像在盧安達那樣一發不可收拾，於是大家更是設法閉門不出。而在這個充滿暴力的季節裡，柵欄、守衛、警報器、障礙、管制門、有刺鐵絲網如雨後春筍般冒出來。這整套安全系統的目的是想讓人心安，使我們相信暴力能因此被隔離、被保持在一定距離外。我們生活在這種既非和平也非戰爭的詭異氛圍裡。過去習以爲常的價值觀不再有效。不安全成了一種跟飢渴或炎熱一樣稀鬆平常的感覺。憤怒與鮮血在我們的生活中如影隨形。

有一天，在上下班的尖峰時刻，我親眼看到一名男子在中央郵局前面被民眾活活打死。那次爸爸待在車上，他派我到我們的信箱拿信。我默默祈求好運出現，讓我收到蘿兒的來信。這時三個年輕人從我前面走過，看似無緣無故就向一個人猛然發起攻擊。他們對他丟石頭。街角站了兩名警察，袖手旁觀，看著這一幕發生。路人紛紛停下腳步觀望，彷彿在欣賞一場免費表演。其中一名施暴者到緬梔樹下搬了一塊大石頭，那是賣菸和口香糖的小販平時習慣坐的地方。受傷的男人掙扎著要站起來，這時大石頭一下就砸爛了他的頭。他整個人就這樣倒在柏油路面上，胸膛在襯衫底下起伏了三次，速度很快。他還拚命想要呼吸。然後就什麼都沒了。施暴者若無其事地離開，跟他們來的時候沒有兩樣。路人重新上路，他們繞過屍體，好像只是在避開一個交通錐。整座城市又熱鬧起來，所有人繼續活動、採買，處理日常大小事。交通非常繁忙，小巴士的喇叭聲此起彼落，小販兜售袋裝水和花生，戀人盼望信箱裡會出現情書，一個小孩爲她生病的媽媽買了一束白色鮮花，一位婦女擺出番茄糊叫賣，一名青少年剪了個酷炫髮型走出理髮廳，而在那段日子裡，在跟往昔一樣的正午豔陽下，某些人會把其他人殺死，而且不受任何懲罰。

賈克的車開進院子時，我們正在吃飯。媽咪從他那台荒原路華休旅車（Range Rover）走了出來。我們已經兩個月沒有她的消息，她變得幾乎讓我們認不出來。她消瘦了，一條彩裙隨便繫在她的腰間，一件淺褐色襯衣鬆鬆垮垮地披在她身上，沒穿鞋的腳上滿是汙垢。她不再是我們熟悉的那個優雅精緻的年輕都市女子，渾身泥巴的她現在看起來活像剛從菜豆田下工回家的農婦。安娜衝下階梯，撲進她的懷抱。媽咪身子搖晃得厲害，差點沒往後倒下去。

我看到她面容憔悴，皮膚乾癟皺縮，泛黃的雙眼四周發青。從她敞開的領口，可以瞥見她的身體上布滿長痘子留下的斑痕。她忽然間竟變老了。

「我是在布卡武發現依鳳的，」賈克說。「我剛開車上路要回布瓊，結果在出城的時候碰巧撞見她。」

賈克不敢看她一眼，彷彿她的模樣令他覺得反感。他說話只是爲了排解他的尷尬，同時他也沒忘了把一杯杯威士忌灌下肚。炎熱的天氣使他的額頭冒出大顆大顆的汗珠。他拿出一條厚厚的布質手帕擦臉。

「平常布卡武就已經亂得離譜了，可是現在，你絕對無法相信自己的眼睛，米榭。那裡的情況遠遠超過任何人的想像。簡直是堆放人類的垃圾場，每寸土地都塞滿了苦難。城裡整整擠了十萬個難民！可以說完全窒息了。人行道每個角落都被占滿了。而且逃亡還在持續，每天都有數以千計的難民湧到我們那裡。盧安達這次是大失血了，他們像潮水般淹過來，兩百萬個人，女人、小孩、老人、山羊、民兵、原本在部隊當軍官的，還有部長、銀行家、神父、殘廢的、無辜的、犯了罪的，其他我就不一一列舉了……世界上你想得到的小人物和大混蛋，統統擠在那裡面。留在他們後頭的，是吃腐肉的狗、斷了腿的牛，還有躺在山坡上的一百萬個死人；好不容易逃到基伍地區，他們得到的卻只有飢荒和霍亂。眞不知道基伍該怎麼從這個沒救的爛攤子裡重新站起來！」

普羅泰端了馬鈴薯泥和牛肉給媽咪吃，安娜則問了那個懸在所有人心中的問題：

「妳有沒有找到歐賽碧阿姨和表姊妹、表哥他們？」

媽咪搖頭。我們湊在她身邊豎耳傾聽，但她什麼都沒說。我也想問她有沒有找到帕西斐克，不過爸爸給我打了個手勢，要我稍安勿躁。媽咪慢慢咀嚼食物，像個生了病的老人。她拿起杯子喝水，小口小口地吞，動作看起來疲憊不堪。她把麵包屑揉成一個個小圓球，然後整齊排放在餐盤前面。她沒看我們一眼，完全專注在眼前的食物上。後來她打了一個響亮的飽嗝，我們停下所有動作，目不轉睛地看著她，連剛開始收拾桌面的普羅泰也不例外。媽咪彷彿沒看到，若無其事地又喝了一口水，然後吞下一小塊麵包。這樣的舉止，這樣的態度，怎麼可能是她……爸爸想跟她說上話，可是不知道怎麼做才不會太唐突。但他很快就不需要傷這個腦筋了。媽咪自己開始說起話來，她的聲音平靜而緩慢，跟我小時候她說故事哄我睡覺時一樣。

「我是七月五日抵達基加利的。那時盧安達愛國陣線剛解放基加利。沿著整條公路，數不清的屍體躺在地上。我們聽到零星的槍聲。愛國陣線的士兵把成群的流浪狗殺掉，三個月以來，那些狗一直在吃人肉。倖存下來的人目光呆滯，在街上遊蕩。我來到歐賽碧阿姨家門口。大門是開的。走進院子的時候，我很想馬上掉頭走開，因爲那股味道太恐怖了。不過我還是鼓起勇氣，繼續往前走。客廳裡有三個小孩倒在地上。我在走道上找到第四具屍體，是克里斯強。我一下就認出他，因爲他身上穿著喀麥隆足球隊的球衣。我到處找歐賽碧姨媽，可是沒發現任何蹤跡。附近也沒有任何人能幫我。就我一個人。我得獨自把孩子們埋在庭院裡。我在那房子裡待了一個星期。我告訴自己，歐賽碧姨媽一定會回家的。可是我始終沒看到她回來，於是我決定出發去找帕西斐克。我知道他第一個會做的事一定是去吉塔拉瑪找貞妮。我到她家的時候，發現房子已經被洗劫過，不過沒有貞妮和她家人的蹤影。隔天，一個愛國陣線的士兵告訴我帕西斐克被關在監獄。我去了監獄，可是他們不讓我進去看他。我連續三天往那裡跑。第四天早上，一個守衛把我帶到監獄後面的一座足球場，旁邊是香蕉園。那個地方由一些愛國陣線的士兵看守。帕西斐克就在那裡，躺在草地上。他剛被槍斃了。守衛告訴我，帕西斐克到吉塔拉瑪的時候，發現他太太和她娘家的人全都被殺死在自家院子裡。一些僥倖逃過屠殺的圖西族鄰居對他說，是一群胡圖人犯下這個暴行的，他們還在城裡。帕西斐克在中央廣場找到了他們。貞妮爸爸的那頂帽子戴在其中一個人的頭上。那群人裡面有個女的身上穿了一件百花連衣裙，那是帕西斐克送給貞妮的訂婚禮物。我弟弟覺得自己快瘋了。他對那四個人開槍，把槍膛裡所有的子彈都射光了。他馬上被移送到軍事法庭，然後被判處死刑。我在布塔雷跟外婆和蘿莎莉老奶奶又見面的時候，對她們撒了謊。我說帕西斐克是在戰場上英勇犧牲的，他的死是爲了國家，爲了我們，爲了讓我們重返家園。她們絕對無法接受帕西斐克被自己的族人殺死這件事。一個從薩伊回來的熟人告訴我們說，他覺得好像在布卡武附近的一處難民營看到過歐賽碧姨媽。於是我又重新上路了，我找她找了一個月。我一直走，走得越來越遠。我在各個難民營流連。有好幾十次，他們猜出我是圖西人的時候，我差點被殺掉。後來不知道是打哪來的奇蹟，賈克居然在路邊認出了我，那時我已經不再指望能找回歐賽碧姨媽了。」

媽咪不再說話。爸爸雙眼緊閉，把頭往後仰，安娜倒在他懷裡哭。賈克又給自己倒了一大杯威士忌，然後低聲咕噥道：「非洲被糟蹋得太慘了！」

我跑回房間，把自己緊緊關在裡面。

25

我老是打著赤腳在巷子裡走，結果惹來一隻穿皮潛蚤鑽進腳掌。普羅泰拿來一張小板凳，把我的腳跟放在上面，然後多納西恩點著一只打火機，把一根針的尖端烤得火熱。

「你不會哭吧，加比？」多納西恩說。

「他不會哭的，加布里爾少爺現在是個男子漢了！」普羅泰用略帶揶揄的口氣說。

眼看燒紅的針尖離我越來越近，我忍不住喊：「輕一點，多納西恩！」

他一下就把潛蚤挑了出來。果眞痛得很，不過還可以忍受。

「瞧瞧這隻蟲有多大！我給你搽點消炎藥，以後你得答應我不會再光著腳到處跑，連在家裡都不行！」

多納西恩在我的腳上塗殺菌藥，普羅泰又檢查了一下，確保我沒染上別的跳蚤。我看著這兩個大男人像個母親一樣溫柔體貼地照顧我。戰爭在他們的街區打得如火如荼，可是他們幾乎每天都會到家裡來上班，而且從來不會顯露出他們的恐懼或焦慮。

「軍隊眞的在你們家那邊，在卡蒙戈區殺了人嗎？」我問道。

多納西恩輕輕地把我的腳擺回板凳上。普羅泰過來坐在他旁邊，他交叉抱著雙臂，凝視一群黑鳶在天空中盤旋。多納西恩用無奈的口吻說起話來。

「是眞的，現在的情況就是這樣。卡蒙戈是這整個城市的暴力核心。每天晚上，我們都睡在燒焦的木頭上，眼看著這片土地上燃起熊熊火焰。火焰直竄高空，把我們最喜歡欣賞的星星遮住了。天亮的時候，我們很驚訝自己還活著，還能聽見公雞叫，看到晨曦照在山丘上。我是跟著爸爸媽媽離開薩伊的，我們從家鄉那個窮苦的村子逃了出來，那時我還不算是個大人。我在布瓊布拉找到屬於我的幸福天地，這個城市成了我的城市。我在卡蒙戈度過人生中最美好的歲月，但當時我並沒有意會到這件事，因爲我只是不斷想著明天，期盼每個新的日子都會比昨天更好。幸福只有透過後視鏡才看得到。明天在哪裡？睜開眼睛看看吧。明天就在這裡，它正在扼殺希望，摧殘夢想，使前途一片渺茫。我爲我們祈禱了，加比，我竭力祈禱了無數次。我越是祈禱，天主就越是拋棄我們，然而我對祂的力量就越有信心。天主讓我們經歷苦難，目的是要我們向祂證明我們對祂沒有懷疑。祂似乎是在告訴我們，最偉大的愛是用信心打造的。即便是生活在不斷荼毒我們的天空下，我們也不該懷疑萬物的美麗。假如公雞的啼叫或山丘頂端的晨曦不會讓你驚奇，假如你不相信靈魂的良善，那麼你就不會再努力奮鬥，你就等於已經死了。」

「明天，太陽還會升起，我們會繼續努力，」普羅泰用這句話做了總結。

三個人都沉默無語，迷失在各自的幽暗沉思中。就在這個時候，吉諾來了。

「加比，趕快過來，我要給你看一個東西。」

他的模樣顯得興奮難耐。他把我從板凳上拉起來，開始跑在前頭。我什麼也沒問，就一瘸一拐地跟著他跑。我設法用最快的速度穿過巷子，抵達他家的時候，我已經上氣不接下氣。法蘭西斯和艾爾芒坐在廚房的餐桌上。吉諾走到冰箱前面。我們可以聽到他爸爸在客廳的打字機上敲敲打打。

「現在就來吧，把冰箱打開，」吉諾看著艾爾芒和我說。

法蘭西斯顯然知道吉諾在搞什麼飛機，他露出同謀的神色看著吉諾，害我忐忑不安。艾爾芒把冰箱門拉開。我沒馬上明白那兩個東西是什麼，不假思索就把其中一個抓在手裡。

「馬的！手榴彈！」

我立刻把它放回去，關上冰箱門，隨即退到房間另一頭。

「猜猜看這兩顆手榴彈花了我們多少錢？」吉諾興奮地說，然後不等我們開口，自己就說出答案。「五千塊！法蘭西斯認識『不敗幫』那個傢伙。他向對方解釋說我們也在負責保護我們的街區，所以那個人就便宜賣給我們。通常這玩意兒的價錢要貴上兩倍。」

「去你的，吉諾，你居然把該死的手榴彈放在冰箱裡！」艾爾芒說。「我說你簡直是瘋了。」

「你是有什麼毛病？」法蘭西斯抓住他的衣領問。

「一群神經病！」艾爾芒又補了一句，他被嚇得魂不守舍。「你們買了手榴彈，把它擺在冷凍牛排旁邊，你居然還問我是不是有毛病？」

「閉嘴，艾爾芒，我爸可能會聽到我們講話。我們到秘密基地再說。」

吉諾從冰箱取出手榴彈，包在塑膠袋裡，然後一群人溜進福斯廂型車。進了那台破車以後，法蘭西斯就把兩顆炸彈拿出來，藏在後座底下的儲物空間。拉開座椅時，我看到裡面有一架望遠鏡。

「這玩意兒又是做什麼用的？」我問法蘭西斯。

「我認識一個買主。把東西賣了賺點錢，我們就可以存錢買卡拉什尼科夫衝鋒槍。在賈貝市集可以買到二手的。」

「衝鋒槍？」艾爾芒說。「何不乾脆買一顆伊朗做的原子彈？」

「我認得這台望遠鏡，那是艾柯諾摩普羅斯夫人的。你是從她家偷的嗎？」

「別囉嗦，加比，」法蘭西斯說。「我們幹麼管那個老太婆，她家堆了那麼多雜七雜八的東西，她根本不會發現。」

「一定要馬上還給她！」我說。「她是我的朋友，我不希望有人偷她的東西。」

「你就省省那些大道理吧，」吉諾說。「你不是也曾在她家偷摘芒果，還賣給她嗎？你也把那個希臘老太婆騙得團團轉啊。」

「那是以前的事！而且芒果是另一回事……」

我想把望遠鏡拿起來，可是吉諾猛地把我往後推。我重新往前衝去，結果法蘭西斯從後面抓住我，反扣住我的手。

「放開我！反正我再也不要跟你們混了。你是怎麼回事，吉諾？你變得讓我認不得了。

你知道你在做什麼嗎？知道你變成什麼樣子嗎？」

我的聲音顫抖，氣得哭了出來。吉諾惱火地回道：

「加比，現在是在打仗。我們得保護我們的巷子才行。假如我們不這麼做，他們會把我們殺掉的。你要到什麼時候才會搞清楚？你是活在哪個世界？」

「可是我們只是一群小孩啊！沒有人要我們打仗、偷東西、把別人當敵人。」

「敵人早就在我們身邊了。敵人就是胡圖人，而且那群野蠻人殺小孩絕不手軟。你看他們在盧安達對你那些親戚幹了什麼好事。我們現在的環境很危險，必須學會保護自己，也要懂得反擊。他們打到我們巷子的時候，你打算怎麼做？拿芒果請他們吃嗎？」

「我不是胡圖人也不是圖西人，」我回道。「那不是我的事。我把你們當朋友，是因爲我喜歡你們，不是因爲你們屬於這個族群或那個族群。我跟那些事一點關係都沒有！」

就在我們爭得面紅耳赤的時候，聽到遠方的山丘傳來AMX-10型裝甲車發射砲彈的響聲。隨著烽火蔓延，我已經懂得在包圍著我們的戰爭交響曲中分辨出那種音調。某些日子的晚上，砲火聲跟鳥兒的鳴叫或清眞寺宣禮員[1]召喚信徒祈禱的聲音交融成一片，這時我會忽然間完全忘了自己是誰，只覺得那個奇異的聲響世界眞美。

譯註

1 宣禮員（muezzin），又音譯為「穆安津」，負責在清真寺塔頂宣布禱告時刻，召集穆斯林做禮拜。

26

媽咪回來以後就一直住在家裡。她跟我們兄妹倆睡同一個房間，就睡在我床腳邊擺的一張床墊上。白天，她會無所事事地坐在涼廊上，兩眼空虛無神。她什麼人都不想見，也沒力氣再出門工作。爸爸說，她經歷過那麼多事，需要一段時間才能平復過來。

早上她很晚才起床。我們會聽到浴室連續好幾個小時傳出水流聲。然後她會走到露台上的沙發，動也不動地坐在那裡，凝視泥蜂在天花板上築的巢。每當有人走過，她就會向他開口要一杯啤酒。她不願意跟我們同桌吃飯。安娜會用盤子給她準備一份餐食，放在她前面的小凳子上。她不會真正吃，只是偶爾揀幾口往嘴裡送。夜色降臨時，她會獨自待在昏暗的露台上。她很晚才會進來就寢，那時大家都已經入睡很久了。後來我接受了她這種狀態，不再設法從她身上找回從前那個媽媽。種族大屠殺宛如原油洩漏，一片黑色潮水湧來，人就算沒被淹死，一輩子也洗不掉身上的黏稠油汙。

有時，我從艾柯諾摩普羅斯夫人家抱了一疊書回來以後，會在她旁邊坐下，念書給她聽。我試著找出一些不算太快樂的故事，以免她聽了觸景傷情；可是故事也不能太傷心，不然恐怕會攪動她的悲痛情緒，那攤停滯在她內心深處的汙穢泥淖。我把書本闔上以後，她會拋給我一道恍惚漠然的目光。我變成了一個陌生人。我被她眼眸深處那種空洞嚇壞了，只好從露台落荒而逃。

某天深夜，她回我們的房間時踢到一把椅子，把我吵醒了。我看到她的身影在黑暗中蹣跚移動。她摸索著走到安娜那裡，然後坐在床邊，俯身對我妹妹輕聲說：

「安娜？」

「什麼事，媽咪？」

「妳在睡覺嗎，親愛的？」

「嗯，在睡覺……」

媽咪的聲音含糊不清，像喝醉酒的女人在說話。

「小寶貝，我很愛妳，妳知道嗎？」

「知道，媽咪，我也很愛妳。」

「我在那邊的時候很想妳呢，我的小心肝，我一直想到妳。」

「我也是，媽咪，我也很想妳。」

「那妳的表姊表妹呢？妳有沒有想她們？妳最喜歡跟那幾個可愛的表姊妹玩了。」

「有，我很想她們。」

「很好，很好……」

她沉默了一段時間，又說：

「妳記得妳的表姊表妹嗎？」

「記得。」

「我進到歐賽碧姨媽家的時候，最先看到的就是她們。她們躺在客廳地板上。躺了三個月了。妳知道屍體經過三個月會變成什麼樣子嗎，我的寶貝？」

「……」

「變得什麼都不是。全部腐爛了。我想把她們抱起來，可是沒辦法，她們從我的手指間又掉了下去。我把她們撿起來，一塊一塊撿起來。現在她們在妳們喜歡一起玩的院子裡。在那棵樹下面，有鞦韆的那棵樹。妳記得嗎？回答我。告訴我妳記得。告訴我。」

「是的，我記得。」

「可是在房子裡，地板上還是有四片痕跡。在他們躺了三個月的地方，有四大片痕跡。我拿了水和抹布，一直擦一直擦。可是那些痕跡怎麼擦都擦不掉。水根本不夠用。我得到社區裡找水才行。所以我到其他人的房子裡找。我眞的不該走進那些房子。有些東西是人一輩子都不該看到的。可是爲了拿一點水，我不得不那麼做。最後我終於把一個水桶裝滿了水，我回到姨媽家，繼續擦地。我用指甲刮地板，可是他們的皮膚和血已經滲透到水泥裡面。我身上全是他們的味道，那味道我怎麼也擺脫不掉。再怎麼洗，我都還是髒的，到現在還一直聞到他們死掉的味道。客廳裡那三個痕跡，是克莉絲泰、克莉絲妲、克莉絲汀。走道上那個痕跡是克里斯強。我必須在歐賽碧姨媽回到家以前，把他們留下的痕跡清掉，因爲妳知道的，我的小親親，一個當媽媽的人絕對不能在自己家裡看到她小孩的血。所以我一直擦，可是那些痕跡怎麼也擦不掉。它已經永遠留在水泥裡了，留在石頭裡，它已經……我愛妳，我最心愛的……」

媽咪繼續俯身在安娜的床頭，氣喘吁吁地低聲道出那個恐怖的故事，彷彿永遠不會說完。

我把耳朵壓進枕頭。我不想知道，什麼都不想聽。我想躲進老鼠坑，把自己藏在地下洞穴裡，保護自己不被巷子盡頭外的世界侵犯。我只想迷失在美麗的回憶中，駐居在溫柔的小說裡，生活在書本的最深處。

第二天早上，天才剛亮，陽光就來猛敲我的窗簾。時間還不到六點，卻已經暑氣逼人。這是在預告當天會下一場大雨。我睜開眼睛，媽咪還躺在安娜的床墊上，她發出沉重的呼吸聲，雙腳懸在床外，身上穿的是她那條褪色的束腰彩裙和那件淺褐色的襯衣。我把安娜搖醒。她累極了。我們掙扎著收拾東西，準備上學。兩個人一言不發。我假裝沒聽到前一晚她們說的話。爸爸載我們到學校的時候，媽咪還在睡覺。

放學回家時，我看到她在涼廊上，目光依然盯著那個泥蜂窩。她雙眼發紅，披頭散髮。她面前的凳子上擺了一杯還在冒氣泡的啤酒。我隨口打了招呼，但不等她回應便走了。

我們晚飯吃得比平常早。天色越來越陰沉嚇人，空氣中漲滿濕氣，炎熱令人難以忍受。爸爸和我光著上身。在我那碗濃湯旁邊的餐桌上，我打死一隻又一隻吸滿血的蚊子。我們聽到蝙蝠成群在房子上方飛過的聲音。蝙蝠飛離市中心的木棉樹，正要對坦干依喀湖邊的木瓜樹發動夜間攻擊，在那裡飽餐一頓。安娜的頭輕輕搖晃，她坐著就睡著了，都怪前一晚睡得太少，她眞的累壞了。隔著客廳的玻璃門，在外頭漆黑的露台上，我看到媽咪陰鬱的身影，她仍舊坐在沙發上，一動也不動。

「加比，去把外面的日光燈打開，」爸爸對我說。

爸爸偶爾會對媽媽展現出一點小小的關心，這讓我心中流過一股暖意。他還是愛她的。我按了一下開關，燈光快速閃動了一陣，媽咪的臉龐出現了。她依然面無表情。

暴雨在夜間降臨，滂沱的雨水把鐵皮屋頂敲得劈啪作響。巷子裡坑坑窪窪的路面一下就變成一片大沼澤。雨水淹沒了大大小小的排水溝。閃電劃過天空，照亮我們的房間，勾勒出媽咪傾身在安娜床邊的形影。她又把她叫了起來，重新跟她說地板上的痕跡擦不掉的故事。她的聲音很陰森，彷彿從黑暗的空穴傳來。她的呼吸散發酒精的氣味，飄過整個房間，透進我的鼻孔裡。每當安娜沒回答她的問題時，媽咪就會用力搖她，然後又向她道歉，在她耳邊呢喃著一些溫柔的話語。外面，一支飛蟻大軍從地底下衝出來，歇斯底里地繞著白色的日光燈猛轉。

我們活著。他們死了。媽咪無法忍受這件事。她並沒有像我們周遭的世界那麼瘋狂。我不怪她，可是我爲安娜感到害怕。從那天開始，媽咪每天夜裡都要把她拉進那個噩夢國度裡重新走一遭。我必須拯救安娜，拯救我們。我要媽咪離開，我要她放過我們，我要她從我們的腦海裡清除掉她經歷過的那些恐怖，讓我們能夠繼續做夢，繼續對人生懷抱希望。我不明白爲什麼連我們也得承受那一切。

我去找爸爸，把這件事告訴了他。我撒了謊，誇大了媽咪的暴力傾向，設法促使爸爸採取行動。他大發雷霆，情緒兇暴地去找媽咪理論。他們的爭吵迅速惡化。媽咪再度顯得咄咄逼人，我們本來以爲她永遠不可能這樣了。她變得像個復仇女神，嘴角冒出白沫，眼睛瞪得就要爆出來。她語無倫次，用所有她懂的語言侮辱我們，厲聲指控法國人是大屠殺的罪魁禍首。她衝向安娜，抓住她的兩隻手臂，開始搖晃她的身子，彷彿在搖一棵棕櫚樹。

「妳不愛妳媽媽！妳只喜歡那兩個法國人，殺死妳親人的兇手！」

爸爸設法把安娜從媽咪的魔掌中奪回來。我的妹妹嚇壞了。媽咪的指甲抓破她的皮膚，嵌進她的肉裡。

「快來幫我啊，加比！」爸爸大叫。

我僵得像一塊石頭，動都沒法動。爸爸把媽咪的手指頭一個個扳開。當他終於讓她鬆手時，她轉過身，在茶几上抓了一個菸灰缸，往安娜臉上摔過去。安娜的眉弓破了一個洞，鮮血開始流出來。一時之間，大家不知所措，情況亂成一團。然後爸爸把安娜抱進車子，火速趕去醫院急診室。我也奪門而出，躲進福斯廂型車，準備等天黑才回去。我回家時，媽媽已經走了，不見了。爸爸和賈克花了許多天在城裡來回兜轉，設法找到她，他們打電話給她的親人、她的朋友，打給所有醫院、警察局、太平間。結果一無所獲。我覺得很自責，是我起意要把媽咪趕走的。我不但是個懦夫，而且還自私自利。我把自己的幸福樹立成不能侵犯的堡壘，把自己的天真當作神聖的禮拜堂。我希望人生讓我永遠完好無缺，但媽咪卻冒著自己的生命危險，到地獄叩門尋找她的親人。爲了安娜和我，她一定也會做同樣的事，而且毫無猶豫。我很肯定這點。我愛她。而現在，她帶著她的傷痛消失得無影無蹤，留下我們啃噬自己的傷痕。

27

親愛的克里斯強：

復活節假期的時候，我一直在等你來。你的床都鋪好了，就在我的床旁邊。我在床頭上釘了幾張足球明星的照片。我在衣櫥裡清出了一些空間，讓你可以放你的衣服和足球。我準備好要迎接你來了。

可是你不會來了。

我有好多事想說，結果卻沒時間告訴你。比如說，我發現我一直沒跟你說蘿兒的事。蘿兒是我的未婚妻。她自己還不知道這件事。我已經打定主意要請她嫁給我。一旦局勢恢復和平，我很快就會向她求婚。我跟蘿兒是靠寫信聯絡的。我們的信是飛機送的，就像紙做的鶴，在非洲和歐洲之間來回飛行。這是我第一次愛上一個女生。這種感覺很奇妙，很像肚子裡發燒。我不敢跟夥伴們說，他們肯定會取笑我。他們會說我愛上一個倩女幽魂，因爲我根本還沒見過那個女生。可是我不必見到她，就知道我愛她。我們靠那些信就足夠了。

我拖了好久才寫信給你。這陣子我一直忙著設法讓自己能繼續當小孩。我那些夥伴們讓我很擔心。他們一天天離我越來越遠。他們會爲了一些大人的事情吵鬧不休，給自己發明一些敵人，找各種必須打仗的理由。我爸爸一直不准安娜和我管政治的事，我現在比較懂他爲什麼那樣了。現在爸爸的樣子很疲倦。我覺得他總是心不在焉，態度很疏遠。他爲自己鑄造了一副厚厚的鐵甲，設法使擊向他的惡意彈開。可是我知道，他的內心充滿溫情，跟成熟芭樂的果肉一樣柔軟。

媽咪從來沒有眞正從你家回來。她把靈魂留在你們的庭院裡了。她的心已經被撕裂了。她發瘋了，就像這個奪走你的世界一樣。

我拖了好久才寫信給你。我聽到各式各樣的聲音告訴我好多事……我的收音機說，奈及利亞隊——你支持的球隊——拿到非洲國家盃冠軍。我的外曾祖母告訴我，只要我們繼續想念所愛的人，他們就不會死。我爸爸告訴我，如果有一天人類停止互相打仗，熱帶地區就會下雪。艾柯諾摩普羅斯夫人告訴我，文字比現實更眞確。我的生物老師告訴我，地球是圓的。我的夥伴們告訴我，人一定要選邊站。我媽媽告訴我，你正穿著你最喜歡的足球隊球衣，睡很長很長一場覺。

可是你呢，克里斯強，你永遠不會再說什麼了。

加比

28

安娜趴在露台的地磚上，身邊散落著彩色鉛筆和簽字筆。她正在畫圖：一片火海的城市，佩帶武器的士兵，沾滿鮮血的開山刀，被扯爛的國旗。空氣中充滿可麗餅的香味。普羅泰一邊聽著鬧烘烘的廣播，一邊下廚。狗兒在我的腳邊安靜地睡覺。牠有時會醒過來，輕輕地把腳掌胡亂啃咬一番。綠蒼蠅繞著牠的臉打轉。我坐在露台上原先媽媽喜歡的位置，看艾柯諾摩普羅斯夫人借我的一本書，叫作《惡水上的少年》[1]。這時我聽到大門鐵鍊被人拉開的聲音。

我站起來，看到五個男人沿著院子裡的步道走過來。其中一個人拿著一把衝鋒槍，他叫我們從房子走出去。他舉著槍口，發號施令。普羅泰把雙手舉高，安娜和我照著他的樣子做。那些人命令我們把手放在腦袋後面，然後跪下。

「老闆在哪？」拿衝鋒槍那人問。

「他有事到北部幾天，」普羅泰說。

他們仔細打量我們。這群人年紀很輕，有些看起來很眼熟，想必我在販賣亭見過他們。

「你這個胡圖人，你住在哪裡？」那人對著普羅泰繼續說。

「住在這個院子裡，已經一個月了，」普羅泰說。「我把家人送到薩伊去，因爲這邊不安定。我就睡在那邊。」

他用手指了一下院子後面那間小小的鐵皮屋。

「我們這個街區不讓胡圖族的人住，」拿衝鋒槍的人說。「聽懂了嗎？我們讓你白天到這裡工作，可是晚上你得回自己家。」

「長官，我不能回我那個區，我的房子已經被燒掉了。」

「不必抱怨。你還能活著，已經算你走運了。你那個老闆是法國人，他跟所有法國人一樣偏袒胡圖人。可是這裡不是盧安達，他們沒辦法來這裡作威作福。這邊的決定權在我們。」

他衝著普羅泰走去，把槍口塞進他的嘴裡。

「所以，這個星期結束以前，要不你離開這個街區，要不就由我們處理你。至於你們兩個，告訴你們的爸爸說，我們蒲隆地不要你們這些法國人。你們在盧安達殺了我們的人。」

那人先往我們身上吐了口水，才把槍桿抽出普羅泰的嘴。接著他對其他人點了一下頭，一群人就離開了院子。我們等了好久才站起來，然後在房子的台階上坐下。普羅泰一句話也沒說。他眼神沮喪，直愣愣地盯著地面。安娜重新拿起筆畫畫，彷彿什麼事也沒發生過。過了一段時間，她抬頭看我。

「加比，爲什麼媽咪指責我們殺了在盧安達的親人？」

我沒有答案可以給我的小妹妹。我沒辦法解釋爲什麼有些人會死掉，有些人充滿仇恨。或許戰爭就是這麼一回事：什麼都搞不懂。

有時候我會想念蘿兒，我想寫信給她，但又放棄了。我不知道該跟她說些什麼，一切顯得那麼混亂。我想等情況稍微改善以後再提筆，到時我可以寫一封很長的信，把所有事情一次告訴她，而且要像從前那樣逗她開心。可是目前，我們國家像個舌頭盪在嘴巴外面的殭屍，走在布滿尖銳石塊的地上。大家已經接受了隨時都會死去的可能性。死亡不再是什麼遙遠抽象的事物，而是成爲日常生活的平凡面貌。當人活在這份覺知當中，便意味著他內心那個屬於童年的部分已經被摧殘殆盡了。

死城日行動在布瓊布拉越來越頻繁。從傍晚到清晨，爆炸聲不時會在城區裡響徹雲霄。

火光把夜空染紅，濃煙一路飄到山丘上方。我們對自動武器的掃射聲和劈啪聲早就習以爲常，現在根本懶得躲在走道上睡覺。我躺在床上時，可以欣賞曳光彈劃過天空的景象。要是在其他時間、其他地點，我大概會以爲看到的是一道道流星。

比起槍砲聲，我覺得寂靜更令人感到焦慮。寂靜中醞釀著刀光血影的暴力，以及無聲無息的夜間入侵。恐懼感緊緊依偎在我的骨髓裡，再也不願離開。有時我會猛打哆嗦，像一隻渾身濕透、冷得發抖的小狗。我窩在家裡閉門不出。我不敢繼續在巷子裡四處亂闖。偶爾我會迅速穿過街道，到艾柯諾摩普羅斯夫人家借本新的書，然後立刻回家，把自己關進我用想像力構築的碉堡中。我躺在床上，沉浸在那些故事裡，試圖尋找其他一些比較容易承受的眞實；書是我的朋友，爲我的日子重新揮灑光明。我告訴自己，戰爭總有一天會過去，到時當我把目光從書頁間抬起，下床離開房間，就會看到媽咪已經回來了，她穿著俏麗的百花連衣裙，她的頭依靠在爸爸的肩膀上；安娜再度畫起炊煙裊裊的紅磚房屋，庭院裡的美麗果樹，和燦爛耀眼的大太陽；夥伴們又會來找我一起到穆哈河，像從前那樣划著香蕉樹幹做成的小筏順流而下，一路划到水光碧綠的大湖中，在沙灘上度過美好的下午，像孩童般嬉笑玩樂。

然而一切期盼只是枉然，殘酷的現實執拗地阻礙我的夢想。世界和它所孕育的暴力一天比一天更加逼近。自從夥伴們決定我們不該保持中立，這條巷子就不再是我曾經希望長久太平的避風港。而且，就算我躲在我的床上碉堡，我的夥伴們和其他那些人還是有辦法把我揪出來。

譯註

1《惡水上的少年》（*L'Enfant et la rivière*）是曾四度獲諾貝爾文學獎提名的法國作家昂利・鮑思高（Henri Bosco）出版於一九四五年的小說。

29

城市一片死寂。各路幫派堵住市區的主要幹道。仇恨再度出籠。黑暗的日子在布瓊布拉重新展開。又一個黑暗的日子。所有人都被告誡要待在家裡，緊閉在室內。傳言指出，前一天晚上，胡圖族叛軍在內地一處加油站將一群圖西族學生活活燒死，在市區縱橫穿梭的圖西族幫派年輕人得知消息後，憤怒進一步升級。幫派決定對所有膽敢闖到外面的胡圖族人展開復仇行動。爸爸提前囤積了可以撐上好幾天的糧食和必需品。我們準備迎接一段漫長等待的時日。我到艾柯諾摩普羅斯夫人家拿了一大疊書。在窩進床鋪裡狠狠看書以前，我先進廚房倒一大杯凝乳喝，這時我忽然聽到吉諾用指甲輕輕叩廚房門。

「你來這裡幹麼？」我一邊開門一邊輕聲說。「今天還敢出門，你真的瘋了。」

「別老是緊張兮兮的，加比！趕快出來，出大事了。」

他不肯跟我多說什麼，於是我趕緊穿上鞋子。爸爸和安娜正在客廳看卡通，我聽到他們哈哈大笑的聲音。我悄悄溜出門，吉諾箭步如飛地往前衝，我在後面緊緊追著。我們翻牆抄近路，從國際學校的足球場直接切過去。柵欄上有個破洞，我們從那裡鑽進吉諾家的院子，穿過他們的花園。我又聽到他爸爸在那台奧利維蒂打字機上不停敲鍵盤的聲音。我們從大門上面跳過去，然後往右轉，跑到巷子盡頭。那裡一片冷清。我們沿著小路往前走，四周仍舊空無一人。我們經過沒開門營業的販賣亭，然後是酒館。我們往左轉，來到空地。植物現在長得很茂密，從外面的路上已經看不到那輛福斯廂型車了。

打開秘密基地的門以前，我忽然有種不好的預感，某個聲音告訴我要趕緊回家，回到我的書本裡。但吉諾沒讓我有時間思考，他一下就把滑門拉開了。

艾爾芒筋疲力竭地垮在廂型車布滿灰塵的座椅上，衣服上染滿了血。他泣不成聲，胸膛劇烈起伏。在兩次抽噎間，他會發出尖銳嘶啞的喘息聲。吉諾眉頭緊鎖，牙齒咬得嘎吱作響，賁張的怒氣使他的鼻孔不斷抽動。「昨天晚上他爸爸在巷子裡被人伏擊。艾爾芒剛從醫院出來。他爸爸傷重不治，已經完了。」

我的腿驟然不聽使喚，只得使勁抓住椅座靠背。我的腦袋一陣暈眩。吉諾神情兇狠地走出廂型車，坐在外面的一個舊輪胎上，那上面積了一攤臭水。他用雙手把臉摀住。我愣愣地望著艾爾芒，他還在啜泣，衣服上是他爸爸的斑斑血跡，那個他又敬愛又畏懼的父親。一群人闖進我們巷子，把他殺死了。就在我們這個平和的避風港。我原本還抱有一絲希望，現在連這個也破滅了。這國家已經成了一個死亡陷阱。我覺得自己宛如叢林大火中驚惶失措的動物。最後一道門栓已經被撞開了。戰爭正式侵入我們的家園。

「是誰幹的？」

艾爾芒拋給我一個充滿仇恨的目光。

「當然是胡圖族的人！不然還有誰？他們的行動是有預謀的。他們帶了一籃蔬菜，在我們家大門外等了好幾個小時。他們佯裝成布加拉馬來的菜販。那些人在我們家門口用刀把他刺死，然後嘻嘻哈哈，若無其事地走了。那時我也在場，我全都看到了。」

艾爾芒又開始啜泣。吉諾站起來，用拳頭猛敲車身。他怒不可遏，抓了一根鐵棒就把廂型車的擋風玻璃和後視鏡砸爛。我看著吉諾的舉動，嚇得驚慌失措。

法蘭西斯也來了，他的臉色很難看。他在頭上綁了一條方巾，樣子很像吐帕克[1]。他說：

「趕快來，他們在等我們。」

吉諾和艾爾芒二話不說就跟著他走。

「我們要去哪裡？」我問。

「我們要保護我們的街區，加比，」艾爾芒一邊用手背擦鼻涕，一邊對我說。

如果是平常的時候，我會打退堂鼓。可是現在戰火已經延燒到我們這邊，直接威脅到我們——我們和我們的家人。艾爾芒的爸爸被殺以後，我已經別無選擇。吉諾和法蘭西斯已經把我罵得夠慘了，他們一直責怪我硬要相信這些問題與我無關。事實證明他們是對的。陰險狡詐的死神已經來到我們的巷子。世界上不再有安全的避難所。我生活在這裡，在這個城市，在這個國家。我沒有其他出路。我跟著夥伴們往前走。

巷子裡一片死寂，只聽到路上的砂石在我們的鞋子底下發出沙沙聲。居民都躲在家裡，像癩蝦蟆藏身在洞穴深處。空氣中沒有一點風，大自然靜謐無聲。一輛計程車在路口等著我們，引擎還在隆隆作響。法蘭西斯招手要我們上車。司機戴著墨鏡，左臉頰上有一道刀疤。他正在抽大麻。法蘭西斯跟他打招呼，他們拳頭碰拳頭，那個動作跟拉斯塔法里教[2]的信徒一樣。計程車緩緩上路。才開了沒幾公尺，車子就在穆哈橋橋頭停了下來。這裡是我們街區最主要的路障設置點，由「不敗幫」的一些年輕小夥子把持。在一道阻斷馬路的有刺鐵絲網後面，一些輪胎正在燃燒。濃濃的黑煙遮住了視線，使我們看不清楚橋上發生了什麼事。一群年輕人大聲吼叫，用球棒和石頭拚命打砸地上一團動也不動的黑色物體。他們看起來好像打得興致勃勃。幾個他們幫派的人看到我們以後，走過來跟我們碰面。法蘭西斯直接用他們的名字稱呼他們，感覺起來很熟絡。我認出拿衝鋒槍的傢伙，他就是先前到我們家用槍桿頂著我們那個人。他一看到吉諾和我便說：

「這兩個白人來這裡幹麼？」

「沒事啦，大哥，他們跟我們是一夥的，他們的媽媽是圖西人，」法蘭西斯說。

那人帶著懷疑的表情上下打量我們，猶豫了一會。他給其他人下了一些指令，然後爬上車子的後座，坐在我們旁邊。他把衝鋒槍夾在雙腿間，我看到彈匣上貼滿了曼德拉[3]、馬丁・路德・金恩[4]和甘地[5]的貼紙。

「司機，開車！」他敲著車門外側的鐵皮說。

一個小夥子把橫在路上的鐵絲網拉開。車子小心翼翼地迂迴穿過散落在柏油路面的石塊。燒焦塑膠的氣味刺激著我們的眼睛，使我們忍不住咳嗽。來到在橋上施暴的那群年輕人旁邊時，拿衝鋒槍的傢伙命令司機停車。幫派的混混們笑哈哈地讓出一條路。我打了個寒顫。在他們腳下灼熱的瀝青路面上，躺著奄奄一息的阿提拉，馮戈曾家那匹黑馬。某個暴風雨的晚上，我們瞥見牠的影子掠過，現在牠就躺在同樣的地方。牠的四肢已經被打斷，身體上布滿一道道血紅的傷口。那群混混剛拿牠發洩了一頓。黑馬把頭抬起來，往我的方向看。牠用剩下的一隻眼睛緊緊盯著我。拿衝鋒槍的傢伙從車窗伸出槍膛，那群混混一哄而散。他吼了一句：「巴希[6]！夠了！」接著是一陣砰砰砰的槍響。我驚跳起來。艾爾芒抓住我的短褲。計程車在那群混混的注視下重新發動，他們顯然很失望那天的樂子這麼一下就沒了。

在卡彭多街區，車子轉了個彎，開進一條沿著河的顛簸小路。

「你是剛被殺掉那位大使的兒子嗎？」拿衝鋒槍的傢伙問道。

艾爾芒點點頭，不過沒看他。計程車來到一處可以俯視穆哈河的紅土懸崖上。高大的木棉樹圍繞在這個地方四周。我們走出車子。街區裡的其他一些年輕人已經在這裡等著。我原先以爲這些好家庭出身的小夥子是乖學生，但現在他們都拿著可以充當武器的棍棒和石塊。一名已經被打得不成人形的男子倒臥在地上。一層紅土蓋住他的臉和衣服，從他頭頂的傷口流出來的鮮血已經凝固，跟塵土混在一塊。

拿衝鋒槍的傢伙，也就是那些人口中的克萊普頓，他抓住艾爾芒的臂膀，對他說：

「這個胡圖人就是殺害你父親的兇手之一。」

艾爾芒沒動。克萊普頓先動手打那人，其他人群起仿效。一陣拳打腳踢如雨點般落下。吉諾和法蘭西斯在亢奮情緒的驅使下，也加入這群人的騷動。在這個時候，一輛摩托車風馳電掣地駛來，兩個頭戴安全帽的男人從車上走下來。

「是老大，」克萊普頓說，一群人跟著停止對地上那個人動手。

法蘭西斯轉身面向艾爾芒和我，驕傲地對我們宣布：

「喂，兩位兄弟，放恭敬一點了，這位可是『不敗幫』的老大本尊！絕對讓你們刮目相看！」

摩托車上的乘客把安全帽脫下，交給負責騎車的司機。當他看到我在死城日這天，跟一群他們幫派的小夥子一起站在這個躺臥地上呻吟的人旁邊，我想他一定不敢相信自己的眼睛。來人正是伊諾桑。他露出微笑。

「哇，加比！眞高興看到你跟我們一夥。」

我沒答腔。我站直不動，咬緊牙關，握住拳頭。

然後這群幫派混混把地上那男人雙手反綁，牢牢地捆起來。他死命掙扎，得好幾個人同時出動，才能把他制服。一陣混亂中，他的身分證從口袋滑了出來，掉在塵土裡。他被捆綁好以後，那些人把他抬上車。臉上有刀疤的司機從行李廂取出一桶汽油，把它潑在車內座椅和引擎蓋上，然後關上車門。那人驚恐地一直喊叫，求我們饒他一命。伊諾桑從口袋拿出打火機。我認出那是賈克的吉波打火機，它是鍍銀的，上面刻有鹿的圖案，是戰爭爆發前不久，在我的生日派對那天被偷走的。伊諾桑點了火，伸手把打火機遞給艾爾芒。

「如果你想替你爸爸復仇的話……」

艾爾芒倒退一步，他露出扭曲的表情，搖頭表示不要。這時克萊普頓湊過去說：

「老大，讓小法國佬來幹好了，這樣他就能向我們證明他跟我們確實是一夥的。」

伊諾桑笑了一下，有點驚訝自己怎麼沒早點想到這個主意。他手上拿著點著了的打火機，往我走來。我的太陽穴和心臟急遽跳動。我轉頭往右看，又往左看，希望有人幫我解圍。我在人群中尋找吉諾和法蘭西斯。跟兩人目光交錯時，我看到他們跟其他人一樣，擺著一張死人臉。伊諾桑把打火機交到我手上，讓我握緊它，然後命令我扔出去。被關在計程車裡的人用眼睛牢牢地盯著我。我的耳朵嗡嗡作響。一切都變得混亂不明。幫派的小混混在旁推擠我，出手拍打我，貼近我的臉吼叫。我聽到吉諾和法蘭西斯的聲音彷彿從遠方傳來，猛獸般的嚎叫迴盪在周遭，充滿狂熱與仇恨的咆哮齊聲連發。克萊普頓提到我爸爸和安娜。在四周的喧騰和喊著殺人的叫囂中，我勉強聽出他在威脅我。伊諾桑光火了，他說如果我不照做，他會親自到巷子裡對付我的家人。我眼前浮現爸爸和安娜躺在床上或坐在電視機前的安詳畫面。那畫面呈現的是他們的無辜，還有世界上所有那些在深淵邊緣掙扎著前進的無辜百姓。我深深憐憫他們，憐憫我自己，憐憫那份被恐懼糟蹋的純眞。恐懼如排山倒海而來，將一切變成惡毒、變成仇恨、變成死亡。變成火山熔岩。我周圍的一切模糊了，叫喊聲卻越來越響亮。計程車裡的男人像一匹瀕臨死亡的馬。如果地球上沒有一個可以避難的聖地，其他地方會不會有？

我把打火機扔出去，車子倏地燃燒起來。巨大的烈焰衝上天空，火舌舔過木棉樹的枝頭。濃煙從樹梢噴湧而出。男人的哭號撕裂了空氣。我嘔吐了，穢物落在我的鞋子上。我聽到吉諾和法蘭西斯拍我的背，對我表示祝賀。艾爾芒在哭。所有人都離開這個地方好一會兒了，他還蜷縮著身子，像胎兒般坐在塵土裡繼續哭。燒焦的汽車殘骸前面只剩我們兩個人。四下平靜無聲，幾乎可以說是一片祥和。河水在下方悠悠流過。夜幕就要降臨了。我扶著艾爾芒站起來。我們終究得回家，回到我們那條死巷。離開那裡以前，我在塵土、在灰燼中翻找。

我找回了剛剛死掉那個人的身分證。那個被我殺死的人。

譯註

1 吐帕克・夏庫爾（Tupac Shakur，一九七一－一九九六），非裔美國饒舌歌手、詩人、演員。本名勒賽尼・帕瑞許・克魯克斯（Lesane Parish Crooks），藝名吐帕克（Tupac，簡寫為2Pac），有時也稱馬卡維利（Makaveli）。「吐帕克」一名來自曾經抵抗西班牙的印地安酋長吐帕克大君，呼應出他的音樂所傳達的革命精神及反抗意識。「馬卡維利」的取名靈感則是《君王論》作者馬基維利（Machiavelli）。吐帕克積極透過作品，關懷政治、經濟、社會及種族問題，在一九九〇年代曾經是《金氏世界紀錄》中最暢銷的饒舌歌手，並被許多人視為史上最偉大的嘻哈音樂人之一。

2 拉斯塔法里教也稱拉斯塔法里運動，是一九三〇年代興起於牙買加的一個黑人基督教宗教及社會運動，據估計目前牙買加有十分之一人口是信徒。許多信徒相信衣索比亞皇帝海爾・塞拉西一世（Haile Selassie I，一八九二－一九七五）是上帝在現代的轉世、聖經所預言的彌賽亞。拉斯塔法里（Ras Tafari）一名即指海爾・塞拉西，其中「拉斯」意為「首領」，「塔法里」則是海爾・塞拉西即位前使用的名字。雷鬼音樂深受拉斯塔法里運動影響，隨著雷鬼音樂的風行，這個運動在世界各地獲得廣泛傳播。

3納爾遜・曼德拉（Nelson Mandela，一九一八—二〇一三），南非著名的反種族隔離革命家、政治家和慈善家，一九九三年諾貝爾和平獎得主。他在一九九三年到一九九七年擔任南非總統，是南非第一位透過民主選舉選出的元首。任內致力廢除種族隔離制度、實現種族和解、消除貧困及社會不公，被許多人視為南非國父。

4即小馬丁・路德・金恩（Martin Luther King, Jr.，一九二九—一九六八），美國牧師、社會運動者、非裔美國人民權運動領袖，一九六四年諾貝爾和平獎得主。

5莫罕達斯・甘地（Mohandas Gandhi，一八六九—一九四八），尊稱聖雄甘地（Mahatma Gandhi），印度國父。他帶領印度脫離英國殖民統治，取得獨立。甘地以非暴力思想著稱，影響全世界許多民族主義者及民主和民權運動人士，包括馬丁・路德・金恩、曼德拉等人。

6巴希（basi，或作 bassi），史瓦希里語詞彙，此處可理解為「住手」、「夠了」之意。

30

親愛的蘿兒：

我不想再當什麼機械技師了。已經沒什麼好修理，沒什麼好挽救，沒什麼好明白了。

日以繼夜，雪在布瓊布拉下著。

白鴿流離失所，躲進乳白的天空。街上的孩童用紅色、黃色和綠色的芒果裝點耶誕樹。農夫坐在用鐵絲和竹竿做成的雪車上，從山上筆直地衝向平原，然後沿著寬闊大道繼續挺進。坦干依喀湖成了溜冰場，白色的河馬用軟綿綿的腹部在上面滑行。

日以繼夜，雪在布瓊布拉下著。

雲朵是一片蔚藍原野中的綿羊。軍營成了空蕩蕩的醫院。監獄是撒上石灰的學校。收音機播放珍稀鳥類的歌聲。民眾掛出白旗，在棉花田中打起雪仗。笑聲迴盪，將山頭的糖霜震落，宛如雪崩。

日以繼夜，雪在布瓊布拉下著。

我把背靠上一塊墓碑，在阿爾豐斯和帕西斐克的墳上跟老蘿莎莉合抽一根菸。在冰下六呎，我聽到他們在爲他們沒時間愛的女人朗讀情詩，爲倒臥沙場的夥伴吟唱友誼頌歌。季節性的藍色氤氳從我的口中冒出，化成千萬隻白蝴蝶。

日以繼夜，雪在布瓊布拉下著。

酒館裡那些醉漢大白天用搪瓷酒杯喝熱牛奶。浩瀚的天空布滿閃閃發光的星斗，彷彿時代廣場[1]的璀璨燈火。我的父母坐在一輛結霜鱷魚拉的雪橇上，從聖體般的一輪明月上方飛掠而過。他們經過的時候，安娜把人道救援組織送來的袋裝白米一把把往他們身上撒。

日以繼夜，雪在布瓊布拉下著。我是不是告訴過妳了？

雪花輕柔地飄落在萬物表面，覆蓋塵世無窮，用它的純粹淨白浸潤整個人間，直到透進我們象牙白的心湖深處。天堂、地獄，都不復存在。明天，狗兒不會再吠。火山即將休眠。人民會投下空白的廢票。我們的靈魂將披上婚紗，迎著街頭的霧淞冰霜離去。我們將成爲不死神仙。

日以繼夜，雪一直下著。

布瓊布拉潔白無垠。

加比

譯註

1 時代廣場（Times Square）是紐約市中心最著名的廣場。

31

布瓊布拉的戰況更激烈了。死傷慘重，蒲隆地的情勢重大到登上國際媒體頭條。

某天早上，爸爸在法蘭西斯家門外的排水溝裡發現普羅泰的屍體，他全身被石頭砸得傷痕累累。吉諾說，那不過是個男僕，他不懂我爲什麼要哭。軍隊攻擊卡蒙戈時，我們失去了多納西恩的音訊。他是不是也被殺了？還是跟其他無數人一樣，頭上頂著一張床墊，一隻手提著包袱，另一隻手抱著小孩，像螞蟻般擠在湧動的人海中，在二十世紀將盡之際，沿著非洲的公路和小徑，魚貫前行，逃離這個國家？

法國派遣的一名部長抵達布瓊布拉，用兩架飛機把法國僑民載運回國。學校無預警地關起大門。爸爸登記讓我們走。一個接待家庭在那邊等著安娜和我，在法國某處，在距離我們巷子九小時航程的地方。離開前，我回廂型車取回望遠鏡，把它拿給艾柯諾摩普羅斯夫人。

道別的時刻來到，她衝進書房，從一本書上撕下一頁。是一首詩。她更想把它抄寫下來送我，但我們已經沒時間抄寫詩詞了。我得走了。她要我好好保存這些文字，用這樣的方式紀念她，她說幾年以後，我會懂得詩裡面的意思。在她關上她家的厚重大門以後，我都還聽得到她的聲音在我身後滔滔不絕地告誡：那邊天冷要小心，好好守住你的秘密花園，用閱讀、朋友、愛情豐富自己，永遠不要忘記你來自哪裡……

當我們要離開一個地方時，會花時間跟我們喜愛過的人、事、物道別。但我不是離開那個國家，而是逃了出來。門還在我身後敞開著，我就走了，沒有回頭。我只記得爸爸在布瓊布拉機場露台上揮動著的小手。

多年來，我一直生活在一個和平的國家，這裡的每個城市都有很多圖書館，多到沒有人會注意到它們的存在。這個國家彷彿一條幽靜的死巷，戰爭的喧囂、世界的怒狂，都只在遠方迴盪。

夜闌人靜時，我會憶起兒時街上的氣息、午後靜謐的韻律，雨水敲在鐵皮屋頂上，發出令人安心的聲音。有時我會做夢；我重新找到回家的路，回到我們家在魯蒙格路邊那棟大房子。它完全沒變。那些牆壁、家具、盆花，統統都在那裡。夜裡，我做著這些夢，夢到一個消失的國家，我聽見孔雀在花園裡鳴唱，宣禮員在遠處召喚。

冬寒之日，我傷心地凝視大樓底下的廣場上那棵葉子掉光的栗樹。我幻想那不是栗樹，而是一棵棵枝葉繁茂的芒果樹；從前我住的街區在芒果樹的濃蔭下，是多麼清涼！輾轉難眠的時候，我會打開藏在床底下的小木箱，讓回憶的甜美氣息包圍著我：我看著阿爾豐斯舅舅和帕西斐克的照片，還有某年元旦爸爸拍下我攀在樹幹上的影像，那隻我在基比拉森林抓到的黑白相間的金龜子，蘿兒寫給我的那些噴了香水的信，一九九三年選舉時我跟安娜在草地上撿到的選票，一張染了血跡的身分證……我把一束媽咪的頭髮纏繞在手指上，重新讀起艾柯諾摩普羅斯夫人在我離開那天送給我的賈克．胡曼1詩作：「倘若我們來自某個國度，倘若我們生於斯，在那裡土生土長，那它就會浸透在我們的眼睛，烙印在我們的肌膚和雙手；林木成了它的髮，大地成了它的筋肉，岩石是它的骨骼，河川是它的血脈，還有它的天空，它的氣味，它撫育的男男女女……」

我在汪洋兩岸之間擺盪，我的靈魂患了這種病。萬里路遙，將我與過往人生遠遠隔開。但旅途漫長並非因爲地面的距離，而是因爲歲月的流逝。我來自某個地方，身邊圍繞著親朋好友，洋溢人情溫暖。我找回了那個地方，但曾經生活在那裡，爲它賦予形體、肉身與生命的人們，已經消失無蹤。我的記憶與眼前所見枉然交錯。我以爲我只是因故背離家鄉，流放天涯。循著昔日遺痕往回走去，才明白我也背離了自己的童年。這令我覺得更加殘酷。

我重新找到了那條死巷。二十年過去了。它變了。街區裡的大樹已經被剷除。烈日將白晝壓得無法喘息。繽紛多彩的九重葛籬笆不見了，取而代之的是用混凝土塊砌造的圍牆，牆頂嵌著玻璃瓶碎片，還裝上有刺鐵絲網。巷子變得不過是一條塵土瀰漫、死氣沉沉的通道，那裡的居民淨是幽居在室的浮生陌路。只有艾爾芒還住在那，在巷子盡頭那棟用白磚砌成的大宅院。他的母親和姊妹早已散居世界各地：加拿大、瑞典，還有比利時。當我問他爲什麼沒跟她們走，他帶著他那正字標記的幽默口吻，睿智地回道：「每個人都會設法找他需要的庇護所啊！離開的人找的是政治庇護，留下的人想要的是精神庇護。」

現在的艾爾芒是個性格豪爽的大個兒，在一家商業銀行擔任主管。他的肚腩變大了，背負的責任也多了。我回來那天晚上，他堅持帶我到巷子裡那間小酒館。「我們晚點再去那些時髦地方，我首先要你直接浸淫在眞實的故鄉。」那間小棚屋還在，那棵乾枯的鳳凰木依然矗立在門口。月光把它的影子投射在硬泥地上，細緻的花朵在柔和的晚風中嬌孱無力地顫動。酒館裡有不少人，囉嗦的、沉默的，他們不是苦於日常瑣事，就是失意鬱悶。室內光線跟從前一樣昏暗，客人們借酒澆愁，吐露心事。我坐在一個裝啤酒的籃筐上，艾爾芒坐我旁邊。他約略告訴我法蘭西斯的近況，說他現在在一間福音教會當牧師。雙胞胎和吉諾呢？他們在歐洲某個地方，不過他沒打算主動找他們。我也沒這個打算。有什麼用呢？

他硬要我告訴他安娜和我到法國以後過的生活。我在心中想像我們離開以後那十五年的戰爭期間，他過的是什麼日子，於是我不敢發出任何怨言。我只是有點難爲情地對他說，我妹妹再也不想聽任何人提起蒲隆地。然後我們沉默不語。我點了一根菸。火焰用飄忽不定的緋紅光芒照亮我們的臉龐。許多年過去了，我們對某些話題避而不談。比方說我父親的死——我們離開以後，還沒過幾天，他就在通往布加拉馬的公路上遭到伏擊。我們也不提他父親被刺殺的事和後來發生的一切。某些傷痕是永遠無法撫平的。

在昏暗的酒館裡，我彷彿穿越時光，回到了過去。客人說的事，他們懷抱的希望，他們的胡言亂語，都跟從前一樣。他們談論的不外乎是即將到來的選舉，和平協議，對內戰再度爆發的恐懼，失戀的痛苦，糖和汽油的價格上漲。唯一的新鮮事是，有時我會聽到某個人的手機鈴聲響起，這時我才想到時代眞的改變了。艾爾芒開了第四瓶啤酒。我們在橙紅的月亮下相視而笑，一起回味孩提時代做的蠢事，那些快樂的日子。我重新找回一點永恆的蒲隆地，那個我以爲已經消失了的蒲隆地。一種終於回到家鄉的愉快感受充盈在我的心頭。在周遭一片昏暗中，我被酒客低聲說話的窸窣聲淹沒，費勁地設法辨識遠處傳來的一縷奇異聲音，那像是某種聲響記憶，隱約滲入我的心神。是因爲酒精的作用嗎？我努力集中精神聆聽。那個喚起回憶的聲音消失了。我們繼續開瓶飲酒。艾爾芒問我爲什麼回來。我告訴他，幾個月前我生日那天，接到一通電話，說艾柯諾摩普羅斯夫人往生了。某個秋日午後，她在午睡時嚥下最後一口氣，膝上放著一本小說，前方就是愛琴海。她是否正在夢中欣賞她的蘭花？

「我回來是爲了拿她留在布瓊布拉的幾箱書，她說是要給我的。」

「所以你是爲了一堆書而回來？」艾爾芒爆出笑聲。我也笑了起來，我第一次感覺到自己的歸鄉計畫有多異想天開。我們繼續談天說地。他說了好多：我離開以後發生了一場政變，蒲隆地遭受禁運制裁，戰爭打了好多年，新富階層出現，地方上黑道橫行，獨立媒體成立，非政府組織雇用了全城一半人口，福音教堂遍地開花，種族衝突議題逐漸從政治圈淡出。那個聲音重新縈繞在我耳際。我抓住艾爾芒的手，結巴地說：「你有沒有聽到……」我咬住嘴唇。我在發抖。艾爾芒把手放上我的肩膀。「加比，我不知道怎麼跟你說這件事。

我心想還是讓你自己發現比較好。好多年以來，她每天晚上都會來這裡……」那個聲音，那個彷彿來自九泉的聲音，幽幽透入我的骨髓。喃喃訴說著那個故事——地上的痕跡，怎麼擦都擦不掉。我推開晦暗的人影，在滿地的啤酒筐間踉蹌失足，在一片漆黑中摸索，朝棚屋最裡邊走去。在室內一角，她蜷縮在地上，正在用麥管啜飲手工釀造的酒。二十年過去了，我重新找到了她，但她的身體已經完全變樣，彷彿走過了五十年的滄桑。我傾身靠近老婦人。我把打火機移近她的臉龐，她透過微光凝視我，從她的樣子看來，我覺得她應該認得我。帶著無盡的溫柔，媽咪用手輕撫我的臉頰：「是你嗎，克里斯強？」

我還不清楚接下來的日子要做什麼。我暫時打算待在這裡，照顧媽咪，等她好起來。

天亮了，我想把它寫下來。我不知道這個故事會怎麼結束。不過我記得那一切是怎麼開始的。

譯註

1 賈克・胡曼（Jacques Roumain，一九〇七－一九四四），海地作家、詩人、政治活動家，海地共產黨創建者。胡曼的大部分文學創作表達的是海地人民歷經數世紀欺侮凌辱所感受的挫折與憤怒。作品對海地文化影響深遠，至今在非洲及拉丁美洲文學界亦有一定程度的回響。

本書獲法國在台協會《胡品清出版補助計劃》支持出版。
Cet ouvrage, publié dans le cadre du Programme d'Aide à la Publication « Hu Pinching », bénéficie du soutien du Bureau Français de Taipei.

國家圖書館出版品預行編目資料

小小國 / 蓋爾.法伊(Gaël Faye)著 ; 徐麗松譯. -- 初版. -- 臺北市 : 大塊文化, 2019.01

264 面 ; 14*20 公分. --（to ; 104）

譯自 : Petit pays

ISBN 978-986-213-945-5（平裝）

876.57　　　　107021253

LOCUS

LOCUS

LOCUS

LOCUS